オブ・ラ・ディ　オブ・ラ・ダ

東京バンドワゴン

小路幸也

集英社文庫

目次

春　林檎可愛やすっぱいか……21
夏　歌は世につれどうにかなるさ……117
秋　振り向けば男心に秋の空……211
冬　オブ・ラ・ディ　オブ・ラ・ダ……279
解説　田口幹人……355

登場人物相関図

大山《おおやま》かずみ
昔、戦災孤児として
堀田家に暮らしていた。
引退した女医。

家族同然

小料理居酒屋〈はる〉

真奈美《まなみ》
美人のおかみさん。
コウとめでたく夫婦に。

コウ
板前。無口だが、腕は一流。

行きつけの店

堀田《ほった》家〈東京《とうきょう》バンドワゴン〉

（サチ）
良妻賢母で堀田家を
支えてきたが、
5年前、76歳で死去。

（秋実《あきみ》）
太陽のような
中心的存在だったが、
8年ほど前に他界。

高校の後輩

藍子《あいこ》（38）
画家。おっとりした美人。

マードック
日本大好き
イギリス人画家。
藍子への一途な思いが
成就し、結婚。

花陽《かよ》（15）
しっかり者の
中学3年生。

**玉三郎《たまさぶろう》・ノラ・
ポコ・ベンジャミン**
堀田家の猫たち。

アキ・サチ
堀田家の犬たち。

常連客①

藤島《ふじしま》（31）
若くハンサムな
元IT企業の社長。
新会社を設立。
無類の古書好き。

三鷹《みたか》
藤島の学友、ビジネスパートナー。
永坂杏里と結婚。

永坂杏里《ながさかあんり》
藤島・三鷹の大学の同窓生。
藤島の元秘書。

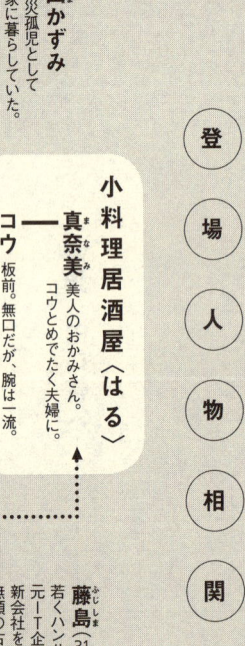

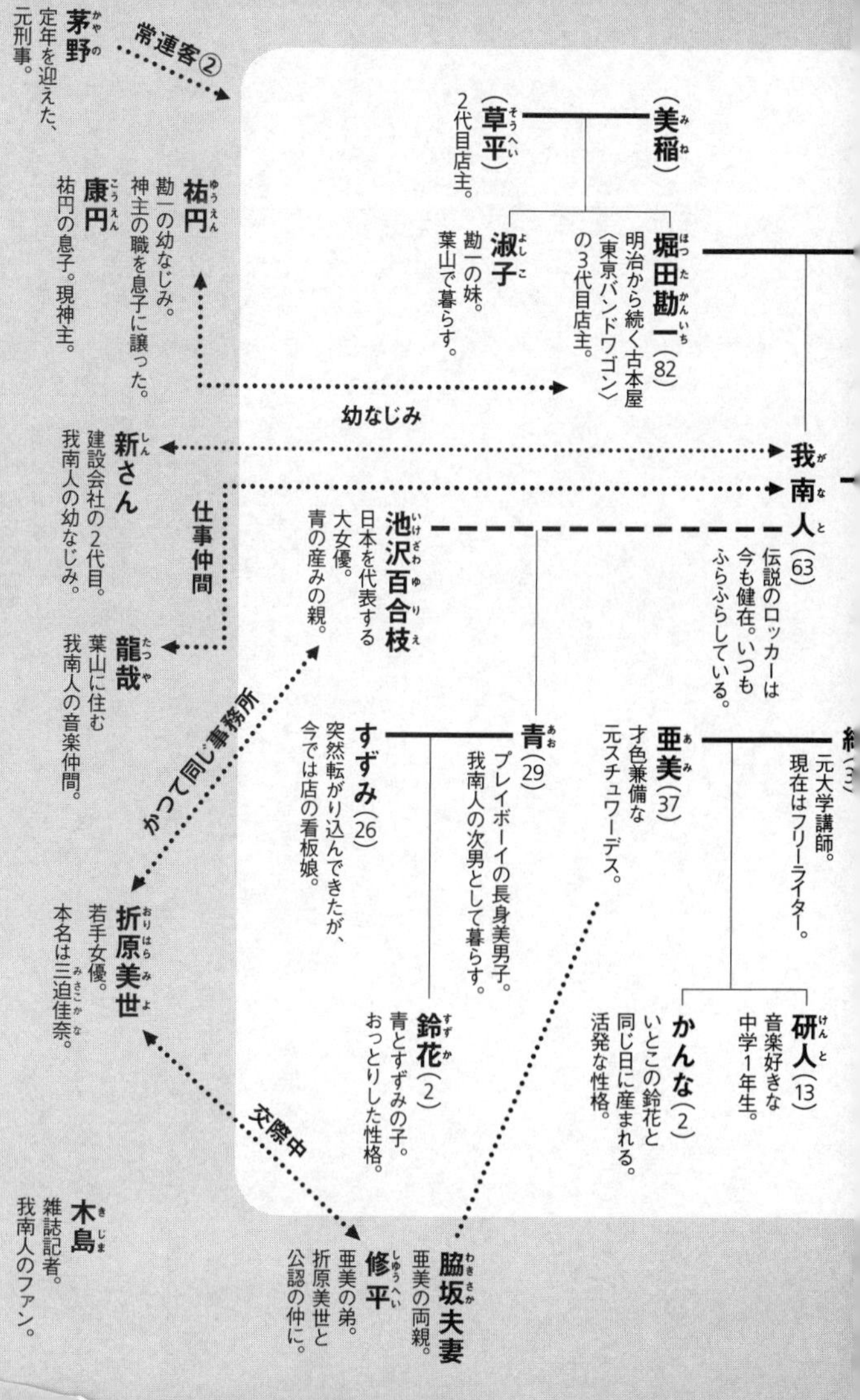
(美稲《みね》)
堀田勘一《ほったかんいち》(82)
明治から続く古本屋〈東京バンドワゴン〉の3代目店主。
(草平《そうへい》)
2代目店主。
淑子《よしこ》
勘一の妹。葉山で暮らす。
我南人《がなと》(63)
伝説のロッカーは今も健在。いつもふらふらしている。
紺(3
元大学講師。現在はフリーライター。
亜美《あみ》(37)
才色兼備な元スチュワーデス。
研人《けんと》(13)
音楽好きな中学1年生。
かんな(2)
いとこの鈴花と同じ日に産まれる。活発な性格。
青《あお》(29)
プレイボーイの長身美男子。我南人の次男として暮らす。
すずみ(26)
突然転がり込んできたが、今では店の看板娘。
鈴花《すずか》(2)
青とすずみの子。おっとりした性格。
池沢百合枝《いけざわゆりえ》
日本を代表する大女優。青の産みの親。
常連客②
茅野《かやの》
定年を迎えた、元刑事。
祐円《ゆうえん》
勘一の幼なじみ。神主の職を息子に譲った。
康円《こうえん》
祐円の息子。現神主。
幼なじみ
新《しん》さん
建設会社の2代目。我南人の幼なじみ。
仕事仲間
龍哉《たつや》
葉山に住む我南人の音楽仲間。
かつて同じ事務所
折原美世《おりはらみよ》
若手女優。本名は三迫佳奈《みさこかな》。
交際中
脇坂《わきさか》夫妻
亜美の両親。
修平《しゅうへい》
亜美の弟。折原美世と公認の仲に。
木島《きじま》
雑誌記者。我南人のファン。

オブ・ラ・ディ　オブ・ラ・ダ

東京バンドワゴン

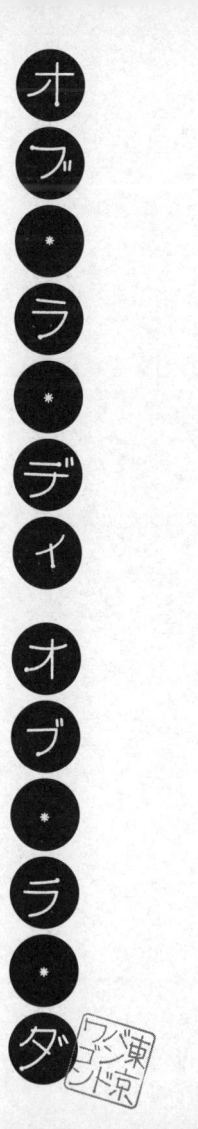

花は紅《くれない》、柳は緑、などと言いますね。

春ののどけき様子の美しい様は自然のままがいちばん良い、ということだったと思います。それから、ものにはそれぞれ個性があるから美しい、なんていう意味合いもあるのでしょう。

わたしが住んでいますこの辺りは、東京でもやたらとお寺や神社の多いところです。寺社などは昔の江戸の風情《ふぜい》をそのままに伝えるところも残り、境内の木々や草花の咲く様も、昔ながらのあるがままの美しさを保っています。

お寺とか神社は地味がいいのでしょうね。ゆったりとした静けさの中の美しさを、いつでも訪れた人たちに届けてくれます。

かと思えば、一本道を抜けて大通りに出ればそこはビルと車と人の波。新しく建てられたビルディングに、すっかり煤《すす》けてしまった小さな建物、買い物や仕事で行き交う人たち。多くのものが渾然一体《こんぜんいったい》となって都会の賑《にぎ》やかさで迎えてくれます。

そのどちらも、ご先祖様からわたしたちまで、たくさんの人々がこの地で生きてきた証《あか》しですよね。暮らし方がそのまま町になり、生きる様がそのまま風情になっていくのでしょう。

風情もまた時代で移り変わっていくものです。わたしたちが新しいと思っているものも、子供たちにしてみれば、大きくなったときに懐かしいと感じるものへと変貌《へんぼう》します。

それでも、良きものは変わらず在り続けます。

静かなお寺まわりを抜け、駅前の賑やかな通りを歩き、ひょいと横道に入っていけば、古き匂《にお》いのする町で暮らす人たちが大切にしているものがそこかしこに在ります。猫が尻尾《しっぽ》を振れば両隣の家の壁に当たるような路地に、慣れない方を惑わす入り組み曲がりくねった小路《こうじ》。苔生《こけむ》した濃緑色の塀に、壁を匍《はらば》う蔓草《つるくさ》に蔦《つた》。たくさんの猫たちが日向《ひなた》ぼっこをする角落ちして丸くなった石段に、家の軒先玄関先を彩る手作りの花壇に季節の鉢植え。

窓から手を伸ばせば醤油《しょうゆ》の貸し借りができ、大きく声を掛ければ向こう三軒両隣に聞こえます。狭い道路で遊ぶ子供たちの笑い声に、走り回る足音、家々の開いた窓から聞こえる煮炊きをする音。

とうの昔に消えてしまったような昔ながらの生活はひっそりと、けれどもしっかりと息づき、まだこの辺りに多く残されています。

そういう下町の一角にあります、築七十年以上という今にも朽ち果てそうな風情の日本家屋が我が堀田《ほった》家、〈東京《とうきよう》バンドワゴン〉です。

明治十八年にこの地で創業しました古いだけが取り柄の古書店です。音楽関係のお店かと勘違いされる妙な屋号ですが、実は、創業者である先々代堀田達吉《たつきち》が親交のあったかの坪内逍遥《つぼうちしょうよう》先生に頼んで命名してもらったものだとか。

古い船を動かせるのは古い水夫ではないと謳《うた》ったのはどなたでしたか。古書店はそのままに、数年前から隣でカフェも始めました。読書好きの方は、コーヒー好きの場合が多いですよね。古本を買ってそのまま隣に移っていただければ、お好きなコーヒーを飲みながら読むということが出来ます。もちろん、ジュースや、朝食や昼食のメニューもあります。季節の美味《おい》しいものをお届けしようと毎日いろいろ工夫しているんですよ。

あぁ、いけません。またまたご挨拶《あいさつ》もしない内に長々と話してしまいました。

どなたの眼にも触れない暮らしになって長い時間が経《た》ってしまいました。気をつけてはいるのですが、どうしてもお行儀が悪くなってしまいますね。

お初にお目に掛かる方もいらっしゃいますでしょうか。お久しぶりの方も、皆さん大変失礼いたしました。

わたしは堀田サチと申します。この堀田家に嫁いできたのは、もう六十余年も前、終戦の年のことです。

今となっては茶飲み話にできますが、随分とどたばたしたことはもうお話しさせていただきましたよね。思えばあれからずっとわたしは堀田家の嫁として、楽しく日々を過ごさせてもらいました。

こうして皆さんに我が家のよしなしごとの話をさせていただくようになってどれぐらい経ちましたか。相も変わらず人の多い、いえ、年を追うごとに人数が増えていくような気がする堀田家です。改めて家の者を順にご紹介させていただきましょう。

向かって正面真ん中の扉は、いわば表玄関なのですが、実はあまり利用する人はおりません。我が家では開かずの扉などと言われてますね。左側のガラス戸が古本屋の入口で、右側の大きく開く扉の方がカフェになっています。買い物や駅から帰ってくると古本屋がいちばん近いことになりますので、大体皆がそこから出入りするのですよ。

その古本屋のガラス戸を開けますと、創業当時から変わらずあります本棚の並ぶ奥、畳敷きの帳場にどっかと座り、これも当時からある文机《ふづくえ》に頬杖《ほおづえ》をついて煙草《たばこ》を吸っているのがわたしの亭主、三代目店主の堀田勘一《かんいち》です。

八十を越え、年を数えるのはやめにしたなどと嘯《うそぶ》いていますが、今年で八十二歳になります。ごま塩の頭に、ご覧の通りの強面《こわもて》で大柄。口より先に手が出るような人ですが、実は意外に涙脆《なみだもろ》くてお人好《ひとよ》しなんですよ。曾孫《ひまご》が増えてからというもの、一時期のいつ逝ってもいいという弱音はどこへやら。以前よりも一段と口も身体《からだ》も元気になりまして、曾孫の花嫁衣装を見るまで絶対に死なないと騒いでいます。

あぁ、帳場の後ろの壁の墨文字が気になりますか？

実はあれは我が堀田家の家訓なのです。

〈文化文明に関する些事《さじ》諸問題なら、如何《いか》なる事でも万事解決〉

〈東京バンドワゴン〉を開いたのは勘一の祖父であります堀田達吉。その息子でわたしの義父であります堀田草平《そうへい》は新しき世の中の礎《いしずえ》になりたいと、自ら新聞社を興《おこ》そうとしたそうですが、当局の様々な弾圧で志半ばとなり、心機一転して家業を継ぎました。その際に「世の森羅万象は書物の中にある」という持論からあの家訓を捻《ひね》くりだしたと聞いています。自らを奮い立たせる決意表明のようなものだったのでしょうね。その当時は古本屋稼業より、持ち込まれた様々な諸問題の解決に走り回ることも多かったとか。

我が家には他にも義父の書き残した家訓があちこちに有りまして、壁に貼《は》られた古いポスターやカレンダーを捲《めく》りますとそこここに現れます。

曰《いわ》く。

〈本は収まるところに収まる〉

〈煙草の火は一時でも目を離すべからず〉

〈食事は家族揃《そろ》って賑やかに行うべし〉

〈人を立てて戸は開けて万事朗らかに行うべし〉等々。

まだありますよ。トイレの壁には〈急がず騒がず手洗励行〉、台所の壁には〈掌《てのひら》に愛を〉。二階の壁には〈女の笑顔は菩薩《ぼさつ》である〉、という具合です。

家訓なんて言葉はとうに死語になっている昨今ですが、我が家の皆は、老いも若きもできるだけそれを守って毎日過ごそうとしています。

勘一の後ろで帳簿を見ながら本の整理をしている娘さんは、孫の青《あお》のお嫁さん、すずみさんです。古本屋になりたくて大学では日本文学を専攻したという今どき珍しいお嬢さんですが、その愛嬌《あいきょう》と度胸の良さは天下一品。今や古本屋の看板娘と呼ばれていますけど、お母さんになって母親の逞《たくま》しさというものも出て来ましたよね。

あぁそこで靴を脱いで、居間に上がってくださいな。どうぞご遠慮なく。

居間で何やら荷物を派手な鞄《かばん》にまとめながらごそごそしているのは、わたしと勘一の息子、我南人《がなと》です。

金色の長い髪の毛でしかも背が高いですから目立ってしょうがありません。実はロックンローラーなるものを生業《なりわい》にしていまして、今はアメリカの有名なバンドさんとワールドツアーの真っ最中です。とはいえずっと海外暮らしではなく、公演の合間合間にこうして家に帰ってきてはどたばたさせ、また出掛けるのです。巷《ちまた》では〈伝説のロッカー〉〈ゴッド・オブ・ロック〉などと持て囃《はや》されることもあるとかないとかいいますが、このツアーのお蔭《かげ》で随分とまた世間様を騒がせているようです。

その我南人の足下で、遊んで、とまとわりつく子供をひょいと抱き上げたのが、我南人の長男でわたしの孫の紺《こん》です。

以前は大学講師も務めていたのですが、まぁいろいろごたごたがありまして、今はフリーライターとして生計を立てています。近頃はエッセイや小説家としての仕事もあるようですね。世間様の標準からすると変わり者が多い我が家ですが、その中で冷静沈着、悪く言えば目立たない地味な男と言われています。でも、その普通さがしっかりと我が家を支えてくれているんですよ。

もう一人、別の子供と積み木をして遊んでいるのは、同じく孫で紺の弟の青です。俳優かモデルかと思えるほどの見栄えの良さは母親譲り。旅行添乗員をしていたころはそれはもうモテまして、訪ねてくる女性の多さに閉口したものです。けれども、すずみさんとの間にこうして子供もできて、年齢を重ねて良きお父さんの顔になってきましたよ。青は、孫で我南人の長女の藍子《あいこ》と紺とは母親が違います。青の母親といいますのがこれが日本を代表する女優である池沢百合枝《いけざわゆりえ》さん。我南人はそれを家族にまで二十何年間も隠し続けていました。事の顚末《てんまつ》はまぁいろいろありましたが、何もかもがきちんと明かされた今は落ち着いています。

それぞれお父さんに遊んでもらってご機嫌な二人の女の子は、紺の長女のかんなちゃんと、青の一人娘の鈴花《すずか》ちゃん。同じ日に産まれた今年で二歳になるいとこ同士ですね。あら、そういえばどちらが従姉で従妹でしょうね。考えたこともありませんでしたが。

あんよも上手になって、言葉もたくさん覚え、今や我が家の生活はこの二人を中心に回っています。とはいえ、人だけはたくさんいますからね。遊び相手にはことかきませんよ。

咽《のど》も渇いたでしょう。カフェの方でコーヒーなどいかがですか。

カウンターの中で洗い物をしているのが、藍子です。絵も嗜《たしな》みまして、カフェの壁に掛かっている絵画には藍子の作品もあるのですよ。大学生の頃に教授先生と恋に落ち、娘の花陽《かよ》を産み育ててきた所謂《いわゆる》シングルマザーでしたが、目出度《めでた》くご近所さんでしたイギリス人で日本画家のマードックさんと結婚しました。今は隣の〈藤島《ふじしま》ハウス〉というアパートに住んでいますが、朝から晩までこちらにいますので生活に変わりはないですね。

その隣でコーヒーを落としているのが、紺のお嫁さんの亜美《あみ》さんです。元は国際線のスチュワーデスというそれはもう才色兼備の娘さんでして、いまだに何故《なぜ》あの地味な紺と結婚したのかわからないと言われています。このカフェは我南人の妻である秋実《あきみ》さんが亡くなった後、亜美さんの陣頭指揮のもと造られたものなんですよ。きりりとした涼やかで美しいお顔は、怒ると鬼より怖いと皆が言うのです。美しさは確かにそうなのですが失礼ですよね。

なんです騒がしくてすみませんね。

どたばたと二階から駆け降りてきたのは、紺と亜美さんの長男で研人《けんと》です。この春に中学校に入学した元気で心優しい男の子です。祖父である我南人の影響でしょうね、近頃はゲームのコントローラーよりギターを抱えているときの方が多いのですよ。その後からやってきたのは藍子の娘の花陽です。中学三年生になり、いよいよ受験生ですね。こちらも活発な女の子だったのですが、すっかり女らしくなってきまして、将来のことなどもいろいろ考えているようです。研人とはやはりいとこ同士なのですが、生まれたときからずっと一緒にいますから、お互いに姉と弟と思っているようです。

実は、藍子の不倫相手の教授先生、花陽のお父さんはすずみさんのお父さんでもありました。つまり花陽とすずみさんは異母姉妹になるのですよ。複雑なそんな関係ではありますが、二人は本当に仲良くやっています。

あぁちょうど犬の散歩から帰ってきましたね。庭にいる外国人の方が、藍子の夫であり花陽の継父、マードックさんです。我が家の一員となり、規則正しい食生活になったのが良かったのでしょうか、薄かった頭髪が濃くなってきたと密《ひそ》かに皆が言っています。

最近は藍子と一緒にカフェに立ってくれることも多いのですよ。

家に上がろうとする犬の足を拭《ふ》きにやってきたのは、わたしと勘一にとっては妹同然のかずみちゃんです。かつて戦災孤児として堀田家で暮らし、女医さんになってからは長年無医村で頑張ってきましたが、引退して我が家に戻り、今は〈藤島ハウス〉に住んでいます。

やれやれ、毎度のことですが、家族を一通り紹介するだけでも一苦労です。そういう家系なのでしょうかね、多少複雑な関係もあり、ややこしくて申し訳ありません。

それから、我が家の大切な一員である、猫の玉三郎《たまさぶろう》にノラにポコにベンジャミン、犬のアキとサチもそれぞれに年齢を重ねてきました。特に玉三郎とノラはそろそろ尻尾の先が分かれるのではないかというほどの高齢のはずですが、まだまだ元気で過ごしていますよ。

最後に、わたし堀田サチは、実は数年前、七十六歳で皆さんの世を去りました。

終戦の年に堀田家に嫁いできて、賑やかで楽しい日々を過ごしてきました。十分過ぎるほどに幸せで満ち足りた人生だったと皆に感謝したものですけれども、気がつけばこうして今もこの家に留《とど》まっています。孫や曾孫の成長を人一倍楽しみにしているせいでしょうかね。不思議なこともあるものですが、こうして皆さんと日々をご一緒できるのはありがたいことです。

どうしたものか孫の紺は、わたしがまだこの家でうろうろしているのがわかるのですよ。小さい頃から人一倍勘の強い子だったせいでしょうかね。

ときたまに紺は仏壇の前に座り、わたしと会話をすることもあるのです。ほんのひとときのことなのですが、嬉《うれ》しいことです。そして、これも血なのでしょうかね。紺の息子の研人も、わたしの存在を感じとってこれも一瞬ですが見えることもあるようです。そのときにはいつもこっそり、皆に気づかれないように微笑《ほほえ》んでくれますよ。研人の妹のかんなちゃんにもその血が受け継がれていれば、また楽しいと思うのですがどうでしょうね。

相済みません。またご挨拶が長くなってしまいました。こうして、まだしばらくは堀田家の、〈東京バンドワゴン〉の行く末を見つめていきたいと思います。よろしければ、どうぞご一緒に。

㊍

林檎可愛やすっぱいか

一

庭の桜は今年も満開の花をつけてくれました。

いつ頃からここにあるのか定かではありません。かなりの老木であることは間違いないのですが、毎年季節になると見事に花を咲かせて、お隣にまで張り出した枝から薄桃色の風を向こう三軒両隣にお届けします。

思えば我が家の庭の草木たちは本当に律義なもので、それほど熱心に手入れはしていないのですが、白梅から始まって沈丁花《じんちょうげ》、雪柳に桜と、季節通りにその色と薫りを辺りに振りまいてくれます。

春になり、縁側の戸が開け放たれるようになると庭に飛び出し遊び回る犬のサチとアキも、我が家にやってきて三、四年になりますかね。拾われてきたときにはまだ生後何ヶ月といった風情《ふぜい》でしたから、まだまだ元気な盛りでしょう。今年も小さな庭を二匹でぐるぐる走り回って遊びはじめています。でも、二匹ともちょっと臆病《おくびょう》なところがあって、決して我が家の敷地の外へは出ていかないんですよ。

春は草花の芽吹きと共に賑《にぎ》やかに訪れてくれる方が気持ちが良いですよね。とはいえ、今年の堀田家の春は本当に過ぎるほど賑やかに始まってしまいました。

研人の小学校の卒業式で、誰もがびっくり仰天した我南人と研人のサプライズライブが終わった後、我南人はキースさんというアメリカの人気バンドのワールドツアーに参加するために、慌ただしく旅立って行きました。「じゃあぁ、ちょいと行ってくるよぉ」と、いつもの軽い口調で手を振って。

花陽と研人、かずみちゃんとマードックさんが空港まで見送りに行きまして、勿論《もちろん》わたしもちょいと出掛けてきました。空港には何度か行ってますから、車に同乗しなくてもいいですからね。

空港では一足先に我南人のバンドである〈LOVE TIMER〉の皆さん、ドラムスのボンさん、ギターの鳥《とり》さん、ベースのジローさんが旅慣れた風情で待っていました。いずれも日本のロックシーンというものを支えてきた手練《てだれ》のミュージシャンの皆さんばかりですから、きっと向こうでも素敵な演奏を聞かせてくれるのでしょうね。

そして、皆から離れるようにして待っていたのは、青の母親でもあり、日本を代表する女優の池沢百合枝さんです。

若い方の中には、その名も顔も知らない人が増えているとは言え、華がある方ですから目立ちますよね。マスコミ対策でもあるのでしょう。地味な装いで黒縁の眼鏡《めがね》を掛け、花陽たちに向かって小さく微笑《ほほえ》み頭を下げて、我南人たちよりも先に搭乗口の方に消えていきました。

我南人が家に寄りつかず、あちこちをふらふらするのはいつものことですから心配などはしませんが、外国であるアメリカやヨーロッパで馬鹿をしでかさないことだけを願っておきましたよ。

その旅立ちの余韻に浸る間もなく、今度は我が家の常連、いえもう家族同然かもしれませんね。藤島さんの仕事仲間である三鷹《みたか》さんと永坂《ながさか》さんの結婚披露パーティが行われました。

六本木ヒルズに会社を構える一流IT企業の社長になられた三鷹さんのパーティで、しかも藤島さんの新会社設立のお披露目も一緒にですから、それはもう盛大で豪華なものでしたよ。ちょっとしたごたごたもあったのですが、大騒ぎにはならずに済んでほっとしました。

もちろん、その直前の三月の佳《よ》き日、三鷹さんと永坂さん、そしてご近所の小料理居酒屋〈はる〉さんのコウさん真奈美《まなみ》さんの合同挙式が祐円《ゆうえん》さんの神社で、家族と親しい友人だけで慎ましやかにかつ厳《おごそ》かに執り行われました。引退した祐円さんですが、それは俺がやらなきゃいかんと張り切って神主を務めてくれました。

お天気にも恵まれ、二人の親友である藤島さんもとても満足気な顔をしていましたよ。我が家の常連で元刑事の茅野《かやの》さんもやってきました。茅野さんは藤島さんにとある縁があり、コウさんとも仲が良いですからね。

そうそう、コウさんの下《もと》には、修業先であった京都の一流料亭〈春《はる》ふう〉の板長、久本《ひさもと》さんも駆けつけてくださいました。その節は我南人の企《たくら》みに巻き込んでしまって申し訳ありませんでしたね。お元気そうで何よりでした。

挙式の後は、皆揃《そろ》っての写真撮影。花陽は後ろの方で、ちゃっかり藤島さんの隣に立って腕まで無理やり組んでいたのを勘一に見つかって、また藤島さんが怒鳴られていましたよ可哀想《かわいそう》に。

賑やかで楽しく、そして晴れ晴れとした素晴らしい一日でした。

そうして一段落したと思えば、今日はいよいよ研人の中学校入学式。

なんとまぁ本当に慌ただしい春です。

　そして、堀田家の朝は相変わらず賑やかです。

　畳敷きの居間の真ん中に鎮座する大きな座卓は、大正時代からずっとここにあるという欅《けやき》の一枚板。もちろんこのままもう百年持ちそうなほど丈夫なのは間違いないのですが、重くて重くてお掃除のときにはいつも大変なのですよ。

　黒い板張りの台所では、かずみちゃんが中心になって朝ご飯の支度が続いています。藍子と亜美さんにすずみさん、花陽と料理好きのマードックさんが加わるのも当たり前の光景になっていたのですが、最近は研人がここに参加しています。料理に興味を持ちはじめたのでしょうかね。

　それだけ人がいるとさすがに台所も一杯になってしまうので、この頃は亜美さんすずみさんは、それぞれかんなちゃん鈴花ちゃんの面倒を見たり座卓に皿を並べたりする方に回っています。

　座卓の上座には勘一がどっかと座り新聞を広げ、その正面には我南人が不在ですので紺が座ります。お店側に亜美さんとかんなちゃん、すずみさん、かずみちゃんに花陽、縁側に向いた側に青と鈴花ちゃん、マードックさんに研人と藍子が座りました。こうして見ると研人は本当に背が急に伸びてきましたね。

　白いご飯におみおつけ、菜の花の辛子和《からしあ》えに昆布とじゃがいもの煮付け、真っ黒の胡麻豆腐《ごまどうふ》は裏の左隣のお豆腐屋杉田《すぎた》さんのもの。すっかり人気商品になったようです。いただきもののハムを厚切りで焼いてハムエッグにしました。大根のお漬物に焼海苔《やきのり》、これも杉田さんから貰《もら》ったおからが入ったポテトサラダ、昨夜《ゆうべ》の残り物のかれいの煮付けは人数分に足りませんが、食べたい人が抓《つま》むのでしょう。かんなちゃんと鈴花ちゃんは、もう大人と同じものも食べますけど、二人だけは大豆が入ったご飯になっていますね。ちくわと胡瓜《きゅうり》のマヨネーズ和えがお皿に載っているのは、何故《なぜ》か二人ともちくわが大好きだからですよ。

皆が揃ったところで「いただきます」です。

「研人の入学式、誰が行くの？」

「くろーいの」

「新校舎、完成していいよね。入ってすぐ新校舎って」

「そういえばじいちゃんからお土産《みやげ》は何がいいかってメール入ってたよ」

「ちょうふ！」

「おい、あれ取ってくれあれ」

「研人くん、私は行くわよ。いいでしょ？」

「アメリカのお土産ってなんですかね」

「青ちゃん、スプーン自分で使わせてね」

「とうふ、ですよ。すずかちゃん」

「あれってなんですか旦那《だんな》さん」

「いいよー」

「どうせマタダメダチョコでも買ってくるんだろ」

「お父さんとお母さんとかずみちゃんで行くわよ」

「とうふ、おいしーね」

「マカダミアチョコですおじいちゃん。そしてそれはハワイ」

「先生にさ、弟さんって元気なんだねって言われちゃった」

「かんなちゃん、椅子《いす》ガタガタしちゃダメッ」

「あれだって、ほら辛そうで辛いけど辛くないとかいうラー油のごたごたしたやつ」

「そういえば、藤島くん、引っ越してくるって言ってたけどどうなんだろう」

「そういえばスーツ着るのって久しぶりだな」

「なに、あのライブの話が伝わってるのかい」

「からから？　からからから」

「藤島さん、前からそう言っててなかなか来ないよね」

「中学でも、いちいち弟じゃありませんって言うのに忙しくなりそうだな」

「旦那さん！　ハムエッグにかけるんですかラー油！」

「旨《うま》いに決まってるじゃねぇか。玉子にラー油だぞ？」

それにしたって限度がありますよね。ぁあハムエッグが全部隠れるまでかけてしまいましたよ。小さい瓶なのですぐになくなってしまいます。鈴花ちゃんとかんなちゃんにはまだ早いですから絶対に食べさせないでくださいよ。

かんなちゃんが急に食べるのをやめて電話の方を見た途端、電話のベルが鳴りました。まだ誰も気づいていないかもしれませんが、かんなちゃん、ここのところ電話のベルが鳴る前に反応するのですよ。紺の娘ですから勘の良さが遺伝しましたかね。

「誰でぇこんな朝っぱらに」

「はい、堀田です」

いちばん近くにいた藍子が受話器を取ります。

「あら、お父さん」

皆が、うん？　という表情で藍子を見ました。我南人ですか。今はアメリカはロスアンジェルスにいるはずですが、向こうは何時なのでしょうね。

「紺ちゃんね。はい」

言いながら藍子が紺に受話器を回します。皆は食事をしながらさて何事かと聞き耳を立てていますよ。

「はい」

うん、うん、と紺が相づちを打ちます。それをかんなちゃんと鈴花ちゃんがニコニコ笑いながら真似《まね》していますよ。

「でんわ、でりゅ」

「あぁ、おかはし玲《れい》さんね。うん。なるほど」

その名前を聞いて、今度は勘一と青とすずみさんが反応しましたね。さて、おかはし玲さんというお名前はどこかで聞きましたがどなたでしたでしょうか。

「わかった。とにかく刊行された全作品をできるだけ集めればいいんだね。了解」

紺がそう言い、続けて「今、どこ？　かんなに代わる」と言った瞬間に「あぁ」と苦笑いして受話器を耳から離しました。大方勝手に喋《しゃべ》って勝手に切ったのでしょう。そういう男なのですよ。ほらかんなちゃんが怒っています。

「なんだよ。仕事の話か」

勘一が真っ赤になっているハムエッグを口に放り込みながら訊《き》きます。

「ほら、おかはし玲さん。親父《おやじ》と同級生だった」

思い出しました。絵本童話作家のおかはし玲さん。我南人と高校が一緒だったのです。一時期は大層人気がでたのですが、残念ながら病気で急逝されたのですよね。確かもう三十年ほども前ですよ。

「あぁ、いたな」

「可愛い絵を描く人でしたよね」

すずみさんが言うと、亜美さんも頷《うなず》きます。

「私、研人の小さい頃によく読み聞かせてたわー」

「そうそう、私も花陽にね。懐かしい」

藍子と亜美さんが同じように笑みを浮かべながら頷き合います。そうでしたか、そういえばそんなこともありましたかね。お母さんは子供の幼い頃を思い出すと、頬《ほお》が緩みますよね。

「あれでしょ、最近ネットですごく人気が出た人」

研人が言うと青が続けました。

「どっちかって言うと童話としての評価より、絵があれなイメージなのでそっちで騒がれたんだけどどな」

「あれってなんだよ」

勘一が訊くと、青が苦笑いします。

「じいちゃんがイヤがる方だよ。ロリの方。オタクっぽいのイヤだろ」

「馬鹿野郎」

勘一が渋い顔をして言います。

「ロリだろうがオタクだろうが、そんなもので俺ぁ怒らねぇぞ。俺が怒るのはそういうもんで差別したり商売したりするどっかの勘違い野郎にだけだ」

それに、と続けます。

「思い出したけど、おかはし玲さんはいい童話を書いて、それに合ったいい絵を描く人だったじゃねぇか。きっかけはどうあれ再評価されるのはいいこった」

「そうだね」

紺が頷いて続けます。

「それでさ、じいちゃん」

「おう」

「研人も言ったけど、最近急に人気が出てきたんだ。それで、おかはしさんの生家を〈おかはし玲記念館〉にしようって話があるんだって」

あぁ、そういうことですか。この辺りにもそういうものは多いですよね。おかはし玲さんの家といえば、確か一駅向こうで、歩こうと思えば歩ける距離にあったはずです。

「ところが三十年も前に亡くなられて、悪いけど今までほとんど忘れられてた人だからさ。遺族も少なくて本が揃ってないんだってさ」

「版元でもとっくに絶版で、全て断裁して残ってねえって話だな」

「そういうこと」

だから、と研人がお箸《はし》を振りながら会話に入ってきました。お行儀が悪いですよ。

「うちで程度のいい古本を集めてほしいってことなんだね」

紺が頷きます。

「でも、なんで我南人からその話が？」

かずみちゃんが訊きました。

「おじいーは？　おじいーは？」

「一応有名人だし、同級生で仲が良かったし、親父が動いてくれればいい宣伝になるって感じじゃないかな」

紺が言うと勘一は口をへの字にしながらも、首を縦に動かします。

「まぁそんなところだろうな。あんな野郎でもそうやって人様のお役に立てれば御《おん》の字ってもんだ」

「うちも商売になりますしね。もちろん集めた本は購入していただけるんですよね？」

すずみさんに、もちろん、と紺は答えます。

「相手との詳しい交渉やなんかは、親父が帰ってきたときにやるってさ。記念館の開設準備も手伝ってほしいって」

「棚作りか。大変だね」

「青ちゃん、そういえば中学校の図書室も引っ越しするんだよ。旧校舎から新校舎に」

勘一が花陽の言葉に頷いた後、おみおつけを飲んで首を捻《ひね》ります。

「我南人がやるったって、あいつぁしばらく帰ってこないんじゃねえのか」

「そんなこと、ないですよ」

マードックさんです。

「World tour といっても、ずっとじゃないですからね。いちねんぐらいかけてまわりますから、あいまあいまに、がなとさん、にほんにかえってきますよ」

「そうかよ。せっかくしばらく顔を見ねえで済むと思ったんだがな」

ねー、かんなちゃーん、鈴花ちゃーん、と勘一が顔をくしゃくしゃにして二人に話しかけると、二人で同時に「ねー」と笑いながら首を傾《かし》げます。二人とも本当に言葉もたくさん覚えて、仕草も赤ちゃんから子供になってきましたよね。

聞き慣れない音楽が聞こえてきました。花陽が、あ、と言って箸を置きごそごそと携帯電話を取り出して、どこかを押すと音楽が切れました。どうやらメールの着信音だったのですね。

「花陽ちゃん、今の曲」

研人が何故か不思議そうな顔をして訊きました。

「いい曲だね」

すずみさんが言います。そうですね、どこか懐かしいようなメロディで、心地よさを感じさせる曲でした。

「いいでしょ。おじいちゃんの曲なんだよ」

「親父の？」

花陽が頷きます。

「新曲だって言ってた。すっごくいい曲だって言ったらアメリカに行く前に着メロにしてくれた」

ピッ、とボタンを押すとそのメロディがまた聞こえてきました。皆でご飯を食べながら聴いています。おかしな男ですが、やはり才能はあるのですね。今までも何度もそう思いましたが、人の心に響く曲を作りますよ。

「いままでのきょくと、imageが、すこしちがいますね」

マードックさんが言います。そうですかね。


午前七時過ぎ、いつものようにがたがたと引き戸を開けると、そこにはもう何人かのお客様が待っていてくれます。

「おはようございます」

「はい、藍子ちゃんマードックさんおはようねぇ。あら、かんなちゃん鈴花ちゃんも」

朝の常連さんはご近所のお年寄りの皆さん。もちろんわたしとも親しかった方ばかりです。ここ何年かでその数は幾人か減ってしまいましたけど、まだまだ元気な方もいらっしゃいます。お年寄りの皆さんは、最近は店の中をちょこちょこ歩き回るかんなちゃれるんですよ。

皆さん一人暮らしの方ばかりなんです。朝ご飯を一人で作って一人で食べるより、ここに来てモーニングサービスのご飯を食べた方がずっといい、という方が多いのです。わたしも独居老人という言葉はあまり好きではありません。できれば皆さん家族と一緒に暮らしてほしいと思うのですが、家庭の事情は人それぞれですからね。

カフェのモーニングはお粥《かゆ》やベーグルが中心です。お年寄りにも、そうして通勤や通学の途中で寄っていかれる若い方にも好評なのですよ。

カフェを作ってこうして朝早くに始めるようになってから、古本屋も同時に開店し始めて何年になりますかね。

当初は、古本屋がそんなに朝早く開けても商売にはならないとも思ったのですが、外に古本を陳列する階段棚のワゴンを作って、そこに五十円百円の雑誌や文庫本を置いてみると、これが出勤途中のサラリーマンの皆さんに好評だったのです。

昨今は不況の影響でしょうね。百円の本でも高いという声もあり十円や二十円と値付けした本も置きました。勘一を筆頭に儲《もう》けようなどとはほとんど考えない我が家ですが、少しでもお安く皆さんにいい本を手に取ってもらいたいのは本当です。ワゴンに並べる安い古本も、時節を考えながら、きちんと選びに選んだものにしていますよ。

「ほい、おはようさん」

今日は新聞を手にしながらカフェの方から入ってきたのは祐円さん。勘一の幼馴染《おさなな じ》みで、近所の神社の元神主さんです。息子さんの康円《こうえん》さんに後を譲って、自分は悠々自適の毎日。毎日こうして朝からやってきては、勘一と世間話をしてぶらぶらしています。

「祐円さん、コーヒーでいいですか？」

「おいよ。藍子ちゃん今日もきれいだね」

「なんにも出ませんよ」

勘一がどっかと腰を据える帳場の横に、祐円さんも座り込みます。

「なんでぇその格好」

「なんだよ」

「八十過ぎた神主が着る服じゃねぇだろ。そんなキラキラしたジャージはよ」

そういえば祐円さん、上下ジャージなのはともかくも随分と若向きのものを着ていますよね。

「いいじゃねぇか、孫のお古なんだよ。楽でいいんだ楽で」

「神主なら神主らしく狩衣《かりぎぬ》でも着やがれ」

もう引退してるんですよ。祐円さんが新聞を広げたところにちょうど、真新しい学生服姿の研人が走り込んできました。

「おっと」

「祐円さんおはよう！　大《おお》じいちゃん行ってきまーす！」

笑いながら風のように研人が走り去っていきました。いくら入学式とはいえ、まだ早いんじゃありませんか。外へ出て右の方へ曲がりかけて、慌てて反対方向へ向かいます。そうですよ、小学校と中学校は反対方向ですからね。

「おう！　行ってこい！」

笑いながら勘一が答えましたけど、研人はもう見えなくなっています。紺と亜美さん、かずみちゃんはと家の中を見ると、ようやく支度を終えたぐらいですか。同じ学校に行く花陽だってまだいますよ。気の早い子ですね。

「研人も中学生かよ」

「おう」

勘一も頬が緩みます。

「なかなか似合ってたじゃないか学生服」

「まぁ正直、曾孫の学生服姿を見るまで長生きするとは思ってなかったがな」

「勘さんは短気だったからな。俺まで随分危なっかしいことに巻き込まれてよ」

そうでしたね。祐円さんは特に喧嘩《けんか》っ早いというわけでもないのに、勘一といつも一緒にいたせいで、地元の気の荒い衆とのごたごたに巻き込まれたりもしましたよね。

「あれだな、花陽ちゃんのときにも思ったが、今日から研人は小学生の集団とは別方向へ歩いてくってのがなんだかウルルって来るな」

本当にそうですね。

「はい、祐円さんお待ちどおさま」

藍子がコーヒーを持ってきました。

「おお、ありがとさん。藍子ちゃんも伯母《おば》として感慨深いだろ」

「なにがです？」

「研人の入学式だよ」

あぁ、と藍子が微笑みます。居間の方から、青がかんなちゃん鈴花ちゃんと遊んでいる声が聞こえてきます。ちょうど亜美さんが支度を終えて、居間から出て来ました。淡いクリーム色のスーツがお似合いですね。

「じゃあ、藍子さんごめんね。終わったらすぐ帰ってくるから」

「大丈夫よ」

今は料理好きなマードックさんもいますしね。夫婦で並んでカウンターに立つことも増えました。

「亜美ちゃん、研人の奴《やつ》は部活は何をするとか言ってるのかい」

「それが」

亜美さん、祐円さんに訊かれて微妙な笑顔を浮かべました。そんな話をもうしているんでしょうか。

「今ある部には入らないんですって。その代わりにね」

「代わりに？」

「図書委員に立候補するって」

あら、図書委員ですか。勘一も初めて聞いたのですね。ちょっと眼を丸くして、にやりと笑いました。

「まぁよ、あいつぁ小さい頃から本が好きだったけどよ」

「門前の小僧ってかい。古本屋五代目は研人かね」

ですよねぇ、と亜美さん微笑んでから首を傾げます。

「でも、ですね、おじいちゃん」

「おう」

「それはいいんですけど」

亜美さん、ちょっと唇をへの字にしました。

「部活に入らないのは、入りたい部がないからなんですって」

「そうか」

「だから、自分で部を作るって」

「作る？」

「ロックンロール部を作るんですって」

あちゃあ、と祐円さんがおでこをぴしゃりと叩《たた》き、勘一が思いっきり顔を顰《しか》めました。

それは、我南人みたいにロックを演奏する部ということなんでしょうか。藍子や紺の高校時代には軽音楽部というものがありましたけど。

亜美さんと勘一が顔を見合わせました。

「しょうがねぇな」

「そうですよね」

中学校でそういう活動ができるかどうかはともかく、脱線しない限りは本人のやりたいようにやらせるのがいちばんですね。亜美さんが苦笑いしながら立ち上がろうとして、そういえば、と勘一に言います。

「研人もそうなんですけど、花陽ちゃんも」

亜美さんが藍子を見ると、あぁ、と頷きました。

「なんだよ。花陽は受験生だろう。ロックンロールしてる場合じゃねぇぞ」

「それじゃなくて、どうやら花陽、本気で塾に通いたいって」

藍子に言われ、むぅ、と勘一は唸《うな》ります。

「塾ってなんだい。花陽ちゃん、高校難しいところ狙《ねら》ってんのかい」

「おう、どうやらよ、医者になりたいって考えてるみてぇでな」

「お医者様かぁ」

かずみちゃんに影響されたところもあるのでしょう。活発な子でしたけど、元々根っこは人一倍優しい子でしたからね。

「そりゃあ大変だな。物入りで」

「まったくなぁ」

何とかしなきゃならんけどなぁと勘一が言いますが、母親である藍子がいちばん頭を抱えていますよね。希望は叶《かな》えてあげたいのですが、決して裕福ではない堀田家です。祖父である我南人は、また大ヒットを飛ばして学費を稼ぐなどと言ってましたがどうなることやら。

店の前に久しぶりにスーツを着た紺と着物姿のかずみちゃん、そしてセーラー服の花陽の姿が見えました。裏の玄関から出てきたのですね。

三人で古本屋の入口から中に声を掛けようとして、その動きがピタリと止まりました。何やら三人とも眉間《みけん》に皺《しわ》が寄ってますね。そうして紺が手招きします。

「何かしら」

勘一に藍子、亜美さんに祐円さんも揃って外に出まして、紺が指差すところを見た途端、やっぱり動きが止まります。

「ん？」

勘一が唇を尖《とが》らせました。藍子に亜美さん、祐円さんも眼を大きくしましたね。

「林檎《りんご》？」

「林檎ですね」

「林檎だな」

青い林檎です。庇《ひさし》の下、外に置かれた階段棚のワゴンですが、そのいちばん上の段の本に林檎が一個、ぽつんと置かれています。

勘一が手を伸ばそうとして思いとどまり、皆を見回しました。

「誰かが置いてったんだよな」

「そうなるね」

「誰も気づかなかった？」

花陽に訊かれて、藍子も亜美さんも首を捻ります。

「全然」

開店してすぐにワゴンを出したのは紺ですよね。当たり前ですが、そのときにはなかったと言います。

店の前の道路は駅へと続く近道になっていますから、細い道とはいえ人通りがけっこうあるのですよ。小学校に通う子供たちは皆通りますし、今も高校生や大学生、社会人の皆さんが歩いています。

「誰かのいたずらかなぁ」

紺が右手を伸ばして、そっと林檎を持ちました。ゆっくりと回し眺めて、ようやく安心したように今度は左手に持ち替えます。それから顔を近づけて匂《にお》いを嗅《か》ぎ、またじっくりと見回しました。

「どこにもおかしな傷はないし、変な穴とかも開いてない」

「普通の林檎ってことか」

「そういうこと」

花陽が見せて、と手を伸ばして受け取った途端、ぴょん、と飛び上がりました。

「いけない！」

「どうした！」

「学校行かなきゃ！」

あぁ、そうでした。紺も亜美さんも、そうそうと腕時計を見ます。花陽が林檎を勘一に渡しました。

「大じいちゃん謎解《なぞと》きよろしくね。行ってきます！」

「おう、行ってこい」

急いで歩き出す花陽たちに、勘一は林檎を持った手を振りましたよ。それからあらためて林檎を見つめ、祐円さんと顔を見合わせました。

「あれだな」

祐円さんがその林檎を受け取りました。

「時代が変わってよ、檸檬《れもん》が林檎になったのかね」

祐円さん、あまり本は読まないのによくご存知ですね。梶井基次郎《かじいもとじろう》さんの『檸檬』ですね。わたしは梶井さんの物語が大好きでした。

「洒落《しゃれ》たこと言ってんじゃねぇよ。うちは〈丸善〉じゃねぇぞ」

勘一が苦笑いしましたが、さていったい誰が林檎など置いていったんでしょうね。何か意味があるのでしょうか。

＊

居間の座卓の上にぽつんと青い林檎が載っています。かんなちゃんと鈴花ちゃんが触ろうとするのを、勘一が優しく「駄目だよぉ」と止めました。二人とも林檎は大好きですもの。食べたいですよね。

「王林よね」

すずみさんが林檎を見つめながら言いました。生憎《あいにく》と詳しくはないのですが、この時期の青い林檎ということは、たぶんそうなのでしょうね。

「忘れ物かぁ」

青です。すずみさんが首を捻りました。

「林檎一個だけって変じゃないの？」

「でもたとえばさ、朝食代わりに林檎を齧《かじ》りながら通勤するのが習慣っていうサラリーマンがさ、うっかりあの棚に置いて本を見ていて」

「そのまま林檎を忘れたってか」

確かに有り得ない話ではないでしょうけど、少々突飛ですよね。

「そういえば研人くんやってましたね」

あぁ研人は林檎大好きです。言われてみれば以前に、一個手に持って食べながら小学校に通ったこともありましたね。それを考えればそういうサラリーマンの方がいてもおかしくはありませんか。三人でうーんと唸りながら腕組みしました。

「リンゴ！」

かんなちゃんと鈴花ちゃんの声が響きます。もう食べたくて仕方がないのですよね。

「食べさせるのは、マズイですよね」

すずみさんが勘一に言います。

「まさか毒林檎ってことはねぇだろうけどよ、食べさせる気にはならねぇなぁ」

「味見してみようか」

青がひょいと林檎を持って台所へ行き、水道で洗う音が響きました。そして果物ナイフを持って戻ってきました。

「止《や》めといた方がいいんじゃねぇか？」

「大丈夫だよ。表面にはそれらしい傷もないし、まさか注射器で何らかの毒を入れるなんて真似をされるほど恨まれる覚えもないしさ」

それはそうですけど。青がさくりと林檎にナイフを入れて八つに切ります。

「中身は正常」

色味もきれいですね。良い林檎ですよ。青は器用にすすっ、とナイフを入れて滑らすようにして皮を剝《む》いていきます。そういえばこの子は料理はあまりしませんが、こうして果物ナイフを操るのは上手でしたよね。

皮を剝いた林檎を、青が口に入れようとするのを勘一が止めました。

「待て待て、俺が食う。死ぬんなら俺が先だからな」

そんな大げさな。青が首を振りました。

「もし下剤でも入っていたら、若くて身体《からだ》が丈夫な俺の方がいいでしょ」

そう言って口に入れました。しゃくっ、と音がします。

「大丈夫？」

もぐもぐと口を動かす青を、すずみさんが心配そうな顔で見ています。かんなちゃんと鈴花ちゃんも何やら難しい顔をして青の口元を見つめていますが、皆の緊張した様子が伝わったんでしょうね。

「うん」

青が言います。

「旨い」

「変な味とかは？」

「全然。美味《おい》しい林檎だよ。高いんじゃないかなぁ」

そこで勘一も一切れ手に取って皮も剝かずに口に放り込みます。しばらく口を動かして、頷きました。

「うめぇな確かに。なんともない」

とすると、やっぱり単に忘れ物だったんでしょうかね。

「そういえば旦那さん」

「おう」

「林檎、何の本の上に載っていたんですか？」

「本？」

「梶井基次郎の『檸檬』は確か画集でしたっけ。この林檎は」

成程《なるほど》、と勘一が頷き外へ確かめに行き、すぐに戻ってきました。

「何でした？」

すずみさんが訊きます。勘一がうむ、と唇をへの字にしました。

「赤川次郎さんの『三毛猫ホームズの騎士道』だった。五十円の本だ」

二

その日の夜です。

研人の入学祝いですから、本来なら研人の好きな料理を作って家族揃って家で晩ご飯というところなのですが、コウさんと真奈美さんにご招待を受けたのですよ。

なんですか、式を挙げさせてもらったお礼も兼ねてご馳走《ちそう》したいというのですが、話が逆ですよね。こちらがお二人をお祝いしなきゃならないのですが、コウさんが恩返しにどうしてもと言うのです。確かにコウさんと真奈美さんの縁を結んだのは我が家かもしれませんが、そんな風に考えなくてもいいとは思うのですが。

とはいえ、人の好意は素直に受け取っておいた方がいいのでしょう。今夜は堀田家一同〈はる〉さんで晩ご飯です。

〈東京バンドワゴン〉の前を道なりに駅方向に歩いて二分。

三丁目の角の一軒左が小料理居酒屋〈はる〉さんです。十五坪ほどの小さなお店を、真奈美さんのご両親の春美《はるみ》さんと勝明《かつあき》さんがやっていたのですが、勝明さんは既に亡く、春美さんも足の関節炎がひどくてお店には出てこられません。目出度《めでた》く夫婦となったコウさんと真奈美さんですが、コウさんが板前さんとして入るまでは、藍子の高校の後輩でもある真奈美さんが一人でおかみさんとして頑張っていたのですよね。

コウさんも過去に色々と悲しい出来事が重なった人ですが、好いて好かれてこうして夫婦になって、無愛想だった様子も最近は少し柔らかくなりましたよ。

「はい、じゃあ研人くんの入学を祝してー」

「コウさんと真奈美ちゃんのご結婚も祝してー」

真奈美さんと藍子が順番に言って、皆はそれぞれ手にしたグラスを掲げて乾杯です。

「かんぱーい！」

「ぱーい！」

かんなちゃんと鈴花ちゃんの可愛い声も響きます。二人はもちろん、ジャバラストローのプラスチックの蓋《ふた》付きコップを持ってきていますよ。

「どうぞ、蓬《よもぎ》の豆腐と百合根《ゆりね》のとんぶり和えです」

コウさんが配る皿に、わぁ、と声が上がります。蓬のお豆腐ですか。これはわたしも初めてですね。

留守番は犬のアキとサチ、頼りにはなりませんが猫の玉三郎とベンジャミン、ノラとポコに頼んできています。カウンターには全員座れませんので、テーブル席も全部堀田家の人間で占拠してしまって、文字通りの貸し切りです。本当に申し訳ないですね。

「はい、これは蓮根《れんこん》に人参《にんじん》のしんじょを挟んで素揚げしたもの」

お店で着る着物を新調したという真奈美さんが皿を配ります。藤色のきれいな着物ですね。

「美味しそう！」

「お好みでポン酢、マヨネーズなんかもいいわよ」

さすが元は京都の一流料亭の板前さん。見たこともない手間の掛かった懐石料理のメニューですが、堅苦しくなくどんどん出て来るところがいいですね。

「コウさん」

青がニヤッと笑います。

「なんでしょう」

「ひょっとして真奈美さんに言われたの？　もっと若々しくしろって」

皆がちょっと笑って、コウさんも頭を掻《か》きます。そうなんです。さっき皆でお店に入ってきたときにびっくりしたのですよね。

短髪で白髪も交じっていたコウさん。なんと髪の毛を金髪に染めたのですよ。勘一がこらえ切れないといった感じで大笑いしました。

「堀田さん。その笑いはないでしょう」

「いや、すまねぇ。目出度《めで》え席だから言わないで我慢していたんだけどよ。可笑《おか》しくてたまらないと、勘一の笑いが止まりません。

「えーだって似合うわよね？　白髪が目立っていたからどうせならって」

そう言う真奈美さんに藍子が頷きます。

「似合ってる。確かに似合ってるんだけど」

「似合い過ぎですよね」

「お義父《とう》さんとならんだらすごいかも」

亜美さんもすずみさんも笑いをこらえていますね。でもコウさん、中々渋みのあるお顔なのですが意外にも本当によくお似合いですよ。

「こーちゃ、すきー」

あら、鈴花ちゃんにそう言われて、コウさんが相好《そうごう》を崩します。コウさんも真奈美さんも子供好きです。晴れて夫婦になったんですから、子作りのことを考えてもいいですよね。

「そういえば勘一さん」

真奈美さんが言います。

「おう」

「藤島さんところのパーティどうでした？　芸能人もたくさん来て豪華だったんでしょ？」

やっぱりその話題が出ますか。勘一は蓮根を口にしてから、曖昧《あいまい》に頷きます。

「まぁ確かに盛大で豪華でよ。疲れに行ったようなもんだ」

やれやれと首を回す勘一を花陽が見て、それから藍子の方を見て、さらに皆を見回しました。唇がごにょごにょと動いていますね。言いたいのでしょうね。

「花陽ちゃん」

すかさず真奈美さんが訊きます。

「何かあったの？」

訊いてから、今度は藍子を見ると、藍子が苦笑いしました。

「おじいちゃん、やっちゃったのよ」

「やっちゃった？」

勘一はとぼけた顔をしてビールを口に運びます。

「大したこたぁしてねぇぞ」

「大じいちゃんね、風一郎《ふういちろう》さんをぶん殴ったんだよ」

花陽がなんだか嬉《うれ》しそうに言います。そうなのです。わたしもその現場にいましたよ。生きていれば止めたところなのですが、生憎身体がないものですから無理でした。

「風一郎というと、ミュージシャンの安藤《あんどう》風一郎ですか!?」

コウさんも驚きます。そうですよね、コウさんのような年齢の方でもよく知っていますよね。

安藤風一郎さん。我南人のお仲間というか、後輩ですよね。同じようにロックンローラーさんで、確かまだ四十歳ぐらいでしたか。我南人に憧《あこが》れてロックを始めたとかで、昔はよくうちに遊びに来ていました。

「最近ぜんぜん名前を聞かなかったけど、まだ生きてたのね」

それはちょっと可哀想です。それで？　と真奈美さん続けます。

「どうしてぶん殴っちゃったの？」

「まぁ、風一郎さんも随分酔っていたんだよ」

ここは自分が説明するべきかと、紺が話しはじめます。紺も小さい頃、家に遊びに来た風一郎さんによく遊んでもらっていましたよ。

「親父も含めて〈S&E〉のミュージシャンのマネージメント業務が、藤島さんの新会社〈FJ〉に移ったのは知ってるよね」

「うん」

そうです。今は三鷹さんが代表取締役になった〈S&E〉。永坂さんも取締役です。

「風一郎さんも所属ミュージシャンだから、パーティに出て来てたんだよ。でも親父はワールドツアーで欠席したろう？　風一郎さん、最初はじいちゃんのところに来て、親父に対しておめでとうを言っていたんだけどさ」

本当にかなり酔っていましたよね。何を言ってるかもわからないような状態でした。

「そのうちに、恨み辛《つら》みを言い出して絡んできてさ」

「恨み辛み？」

コウさんが眉《まゆ》を顰《ひそ》めます。

「コウさん、風一郎さんのデビュー曲が親父の曲だって知ってた？」

「あの〈brother sun〉がですか？」

皆が頷きます。意外と知られていないのですよ。我南人は人様に曲を提供するときには違う名前を使うようですからね。

「その後も、親父は風一郎さんをプロデュースしてさ、けっこう売れたよね」

「実は」

コウさんが少し恥ずかしそうに笑みを浮かべました。

「私は安藤風一郎のファンだったのですよ」

「え？　そうなの？」

真奈美さんが驚きました。知らなかったのですね。

「今でこそ聴かなくなりましたが、あの頃はよく聴いていました」

まさか我南人さんの曲だったとはと嬉しそうです。

「順調だったんだけどさ、親父がプロデュースから離れたあたりから、ヒット曲が出なくなってさ。まぁ正直今は忘れ去られた人じゃないか。どうもそのあたりを風一郎さんは恨んでいたらしくて」

「でも、それはお門違いでしょ？　我南人さん随分昔だけど言ってたわよ。『フーイチローはもう僕の下から旅立っていったねぇぇ』って。自分から離れていったんでしょ？」

勘一が、「まぁよ」と紺の話を引き継ぎました。

「あいつももういい年でよ。それなのにヒット曲は出ねぇライブをやっても客は入らねぇってんでお先も真っ暗な状態だったんだろうよ。それなのに我南人の野郎は還暦過ぎたってのにワールドツアーとかでまたマスコミに持ち上げられてな。嫉妬《しっと》しちまったんだろうさ」

勘一が燗《かん》をつけてくれと言いました。用意していたコウさんがすぐにお銚子《ちょうし》とお猪口《ちょこ》を置きます。

「ちょいと眼を覚ましてやろうと思って水ぶっ掛けて張り倒したけどよ」

くいっ、とお猪口を呷《あお》ってから苦笑いします。

「気持ちはわかるわな。ミュージシャンなんてぇのはいちばん潰《つぶ》しがきかねぇ商売だ。結局のところ、自分の才能をどれだけ信じていられるかってことよ」

あいつは、と勘一は続けます。

「信じ切れなかったんだろうさ。自分をよ」

うーん、と真奈美さんが深く頷きます。

「そうやって考えると我南人さんはすごいわよねぇ。私からすると藍子さんの変なお父さんって印象しかないけど、もう四十年以上ずっとロックンロールしてるんだから」

継続は力なりとはいいますが、どうなのでしょう。わたしにしても変な息子でしかない我南人ですが、人様に長く愛され喜ばれているというのは、それなりのものを持っているのでしょうね。

＊

二日ほど経《た》った日曜日。

春もうららかさを増してきて、日一日と陽気がよくなっていきます。かんなちゃんと鈴花ちゃんの元気さもますます目立つようになってきました。

大分いろんなことがわかるようになってきましたけど、まだ変なものを口に運んでしまったり足下が覚束《おぼつか》なくて転んでしまったり。小さい子のいるお母さんは大変ですよね。それにときどき猫の、ふーっ！　という声が聞こえてきたりしますよね。あれは尻尾《しっぽ》を摑《つか》んだり踏んだりしてるのですよきっと。

勘一が帳場で座り込んでいると、鈴花ちゃんとかんなちゃん二人で寄ってきて、背中にどん！　とぶつかっていきます。帳場と床の段差はけっこうありますからね。騒いで落ちては大変ですから気を使いますが、あんまり気にしすぎてもなんですね。

子供は、危ないということは、自分の身で体験しないとなかなかわかりませんから。

「おいすずみちゃん。おむつはまだ取れねぇのか」

二人を膝《ひざ》の上に乗せて勘一が訊きます。

「まだまだですよ。三歳児だって取れない子もいるんですから」

「そうだったか」

かんなちゃんと鈴花ちゃん、これだけたくさん人がいる中でお父さんお母さんをよく間違えないものだと皆に言われますが、どういうわけか鈴花ちゃんは時々すずみさんと花陽を間違えます。花陽に向かってママー、と寄っていくこともあるんですよ。母親が違うとはいっても姉妹ですから、どこか似通ったところもあるのでしょうかね。

かんなちゃんがパッと立ち上がって、居間に駆け込んでいきました。あぁ紺がやってきたのですね。その足をぎゅっと抱きしめます。紺が慣れた様子で抱き上げると今度は鈴花ちゃんも寄ってきます。どちらか一人を抱っこするともう一人もしなきゃならないので中々大変です。

「じいちゃん、そろそろ行こうか」

「おう、そんな時間か」

あの〈おかはし玲記念館〉の件ですね。あちこちの古本屋に声を掛け、さらには日本全国の愛好家にメールや電話などをして、勘一と紺はおかはし玲さんの本を集めています。今日は千葉にいらっしゃるというファンの方のお宅へお邪魔して交渉を行うとか。

「うん？　すずみちゃん、青はどこいった」

「それが」

さっき、お世話になっていた旅行会社の方に急に呼び出されて出ていきましたよね。旅行添乗員の仕事はすっかり開店休業状態だったのですが、何かあったのでしょうか。

「すずみちゃんひとりか」

カフェには藍子と亜美さんがいますが、マードックさんもお仕事の話で外出中。かずみちゃんはいますが、古本屋と二人の子供の世話には人手が足りませんかね。

「研人はさっき出て行ったしな」

「花陽がいるんじゃねぇか？」

勘一がそう言うと、ひょいと花陽がカフェの方から顔を出しました。

「大じいちゃん、呼んだ？」

「おう、そっちにいたのか。俺と紺は出掛けるからよ。少しの間、古本屋の方を見ててくれよ」

「いいよ」

店番と売るだけなら花陽でもできますからね。古本の持ち込みがあればすずみさんを呼べばいいんです。これで子供二人の相手は、かずみちゃんとすずみさんでできますね。

「よし、じゃあちょいと行ってくるわ。留守を頼むぜ」

カフェに向かって声を掛けると、藍子と亜美さんの返事がデュエットで聞こえてきました。すずみさんが「ばいばいしようねー」と言うと、鈴花ちゃんかんなちゃん二人とも聞き分け良く、勘一と紺に手を振りました。

午後になって、お昼ご飯を済ませた後。花陽が帳場に参考書やノートを持ち込んで、いつも勘一が本を広げている文机《ふづくえ》で勉強を始めました。

本当に最近の花陽はいつも勉強をしていますよね。以前はまぁ平均的な成績の子だったのですが、ここのところグンとテストの点数も上がって担任の先生を驚かせているとか。

台所ではかずみちゃんが後片づけ、仏間では亜美さんとすずみさんが二人を寝かしつけています。最近の我が家の日常の光景ですね。

からん、と、戸につけた土鈴《どれい》が鳴って古本屋の戸が開きます。ノートから顔を上げて、いらっしゃいませ、と言おうとした花陽の顔に笑顔が広がります。

「藤島さん!」

「あれ?」

新しい一国一城の主《あるじ》になった藤島さんが、春らしい淡い青いシャツとジーンズ、布製のバッグを手にして入ってきました。もう三十を過ぎたというのに相変わらず笑顔が青年のように爽《さわ》やかですね。

「花陽ちゃんが店番なんだ」

「そう。皆忙しくて。どうぞ、座ってください」

花陽がいつも帳場の前に置いてある丸椅子を勧めると、頷きながら藤島さんが腰掛けます。花陽の嬉しそうな声が聞こえたのでしょうね。藍子がカフェの方からやってきました。

「いらっしゃい」

「こんにちは」

「コーヒーでいいかしら?」

お願いします、と藤島さん頭を下げて、バッグからいつもの感想文を取り出しましたね。お若いのに古本をこよなく愛する藤島さん。最初に来たときに全部買い上げると言って勘一の逆鱗《げきりん》に触れ、以降、一冊買うごとに感想文を書いて、それが良い感想ならまた一冊買っていいという約束になったのですよ。でも、最近は花陽の家庭教師をしたこともあって、二冊三冊になってはいますけどね。

「じゃあ、花陽ちゃんから大じいちゃんに渡してもらおうかな」

「いいよ。でも、もうこんなの気にしないでどんどん本買っていいですよ」

「そうはいかないよ」

苦笑いします。わたしたちも誰一人として気にしないのに、藤島さんは本当に律義ですよね。

「はい、お待たせしました」

藍子がコーヒーを持ってきました。花陽がすかさず文机の上を片づけて、そこにコーヒーを置きます。藤島さん、藍子の方を見ましたよ。

「藍子さん、今、いいですか？」

「いいですよ」

「花陽ちゃんだけに伝えるのもなんだから、藍子さんにも聞いてほしくて」

あら、なんでしょうね。いつものように古本三昧《ざんまい》の休日を過ごしに来たのではないのでしょうか。

「先日のパーティでのごたごたはご存じですよね？」

藍子が申し訳なさそうな顔をして頷きます。

「ごめんなさいね、本当に。きちんとお詫《わ》びしなきゃって紺とも話していたの」

「とんでもないです。堀田さんが悪いわけではないんですから」

「でも、普通はパーティでそんなことしないよね」

大じいちゃん本当に手が早いから、と花陽もすみませんと頭を下げます。

「いやいや本当にいいんですよ。そのことで、安藤さんが僕に言ってきたんです」

「安藤さんが？」

なんでしょうかね。

「きちんとお詫びをしたいそうなんですけど、知らない仲でもないのがかえって気まずく感じられてしまって、僕からうまく取りなしてもらえないかって」

「まぁ」

藍子が少し顔を顰めましたね。わかりますよ。いくら自分のマネージメント事務所を束ねる会社とはいえ、社長さんにそんなことを頼むとは。藤島さんもわかったのでしょうね、いやいや、と手のひらを広げて藍子に向けました。

「僕の方から水を向けたんですよ。堀田さんをパーティに呼んだのは僕だし、きちんとお詫びをした方がいいんじゃないかって」

「そうなんですか」

藤島さん気を使う方ですからね。なんだかこちらがご迷惑をお掛けしたのに申し訳ありません。結局、後日安藤さんが店に来て謝罪するという話になりました。勘一には藍子から伝えてもらいますよ。

藤島さんはそのままいつものように本棚の前に立ち、あれこれと本を手にしては戻し、また手にしては熟読するということを繰り返します。花陽もまた参考書や問題集を広げて、勉強を始めました。その内に、花陽がわからないところを訊いて藤島さんが教えるという家庭教師の続きみたいなことにも。いつも甘えてしまって本当に済みませんね。せめてコーヒー代はただにしますから何杯でも飲んでくださいな。

また、からん、と音がして、入ってきたのは今度は研人でした。あら、どこへ行ってたのかと思えば、後ろからお店に入ってきたのは芽莉依《めりい》ちゃんじゃありませんか。

「おかえり研人くん」

「藤島さん来てたんだ」

「あー芽莉依ちゃーん、こんにちは」

「花陽さんこんにちは！」

研人の小学校からの同級生芽莉依ちゃん、私立の中学校へ行ったのですよね。昔から研人のことが大好きで、中学で離れるのは淋《さび》しいと言ってましたが、こうしてお休みの日に会えるのですからいいですよね。

「じいちゃんのレコードを貸してあげるんだ」

「レコード？」

藤島さんが訊きました。

「ほら、芽莉依のお母さん、じいちゃんのファンだったじゃない」

あぁそうでした。その昔はファンクラブの会長さんだったって話でしたよね。

「USB接続できるターンテーブル買ったんだってさ。それで、じいちゃんのLPを直接iTunesに入れたいって」

あぁ、と藤島さんは微笑んで頷きます。さて、わたしにはわけのわからない単語がいくつか出て来ましたけど、研人はそういうことに関してはかなり詳しいですから。

「後でいいから、店番少し代わってよ」

「オッケー」

花陽だって少し休憩したいですよね。

そうして小一時間も経った頃、からん、と、また土鈴が鳴りまして、花陽が顔を上げました。椅子に座って本を読んでいた藤島さんも同じように入口の方を見ます。

お若い女性が入ってきました。背の高い方ですね。うちの藍子や亜美さんもそれなりに身長があるのですが、それより高いかもしれません。柔らかそうなベージュのカーディガンに細身のパンツにスニーカー。こざっぱりとした印象の方です。
「いらっしゃいませ」
花陽が言うとその方、本棚を物色するわけではなく、まっすぐに帳場の方に向かって
きました。
「すみません」
「はい」
「こちら、堀田さんのお宅ですね」
そうです、と花陽が答えるとにっこりと微笑みます。
「堀田青さんは、ご在宅ですか？」
あら、青にお客さんですか。花陽の表情がほんの一瞬だけ変わりましたね。あぁ藤島
さんも本を読みながらも肩がぴくりと動きましたよ。
添乗員をやっていた頃の青は、それはもう大層モテまして、ツアーに参加したお客さ
んがいろいろ勘違いして家にやたらとやってきたものです。それを追い払うのはいつも
亜美さんの役目でしたよ。結婚してからは一度もなかったと思うのですが、かつては日
常茶飯事のようなものでしたからね。
「今、留守にしているんですけど」

花陽が言うと、その方、あら、という表情をして頷きます。

「そうですか。ではまた出直してきます」

そう言って少し頭を下げて、すぐにその女性は店を出ていきました。花陽は藤島さんと顔を見合わせます。

「名前訊くの忘れちゃった」

それは仕方ありませんね。花陽は接客に慣れているわけではありませんから。まさかお客さんである藤島さんが応対するわけにもいきません。藤島さん、ちょっと居間の方を見て、小声になって言います。

「すずみさんは」

「鈴花ちゃんと一緒に寝ちゃったのかな？」

さっきから出て来ませんから、そうかもしれませんね。そういうときには寝かせておいてあげるのがいいでしょう。

「また来るって言ってたし、伝えない方がいいかもしれないね」

「うん、そうだね」

さすが藤島さん。うちの事情をよくわかってらっしゃいますね。それにしてもどなたでしょうか。以前に青目当てで押しかけてきた方々はやはりどこかちょっとおかしな風情でしたが、今の女性はそんな感じではなかったようです。

花陽が、うん？　と首を傾げて言います。

「でも、今の人、どこかで見たことあるかも」

うーんと腕を組みましたが、結局わからなかったようです。

「思い出したら、青くんに直接言った方がいいと思うよ」

「うん、そうします」

＊

三日ほど経った日の朝のことです。

いつものように賑やかな朝ご飯が終わり、それぞれにバタバタと準備を済ませ、勘一がいつものようにどっかと帳場に座ります。紺と青が古本屋側の軒下にワゴンを置き、カフェの扉が開いて、〈東京バンドワゴン〉の一日が始まります。

裏玄関から研人と花陽が「行ってきまーす」と一緒に出ていき、ぐるっと回って古本屋の前を通ったと思ったら立ち止まり、表からガラス戸をコンコンと叩きます。

勘一が帳場で顔を上げてどっこらしょと立ち上がり外に出ました。

「大じいちゃん」

花陽と研人が指を差しました。

「またかよ」

またですね。ワゴンの棚の上に林檎が一個、載っかっています。その様子に青とかずみちゃん、マードックさんが家の中から出て来ましたね。

「こんどは、あかいappleですね」

マードックさんが言うと、皆が頷きます。前は青林檎でしたが、今度は赤。それに何か意味があるのでしょうか。

「続いたってことはいよいよ忘れ物じゃないってことかね」

かずみちゃんが顔を顰めました。

「何かのメッセージってことかな？」

青が林檎に手を伸ばして取りました。そういえばあれは去年の秋でしたか、花陽の同級生の双子の神林《かんばやし》くんが古本を置いていきましたよね。

「前回は青で、今度は赤」

我が家に青はいますが、赤はいませんね。

「本は？　何の上に置いてあったの？」

すずみさんに言われて花陽が確認すると、向田《むこうだ》邦子《くにこ》さんの『父の詫び状』でした。古い文庫本ですよ。

「百円だね」

ここに置いてあるのはほとんどが五十円や百円の、状態のあまりよろしくない古本ですからね。すずみさんがうーん、と唸ります。

「前回は赤川次郎さんで今回は向田邦子さん」

共通点といえば日本の作家さんということだけでしょうか。

「『三毛猫ホームズの騎士道』と『父の詫び状』」

さらにすずみさんは呟《つぶや》くように言いますが、猫と父ですね。それも全然関係ないようなタイトルですよ。

「関係ないのかなぁ」

「今回も、どこにも異常はなし」

青が林檎を紺に手渡します。

「美味しい林檎ってことだね」

研人がその林檎を取りました。勘一がぐるりと辺りを見回します。通勤や通学の方たちが行き交う前の通り。顔馴染みの人もいますから、勘一が「あぁ、おはようさん」などと挨拶《あいさつ》をします。

「まぁ何にしてもよ。天から林檎が降ってくるはずぁねえからな」

「誰かが置いて行ってるってことだね」

皆が考え込みましたが、わかるはずもありません。研人と花陽は揃って学校へ行き、カフェも古本屋も開店します。

　またしても居間の座卓の上に林檎は置かれ、かんなちゃんと鈴花ちゃんがにこにこしながらそれを見ています。誰かが切ってくれるのを待っているんでしょう。

「間違いなく、朝そこを通る人ですよね」

　すずみさんが言います。そうでしょうね。

「気づかれないように、すっ、と置いていくんだろうな」

「店の中にいると意外と気づかないからね」

　そうなのです。古本屋は間口はそれほど広くはなく、意外と奥まっているうえに本棚が並んでいるものですから、外を通る人が帳場からしっかり見えるわけではありません。実際、ワゴンに並んでいる古本を持っていかれてもわからないですよ。そのあたりはもう人様を信じるしかない商売ですから割り切っていますけど。

「まぁ考えてもしょうがねぇ。明日から注意してみるさ」

　勘一が言いました。鈴花ちゃんがついに我慢できなくなって、林檎に手を伸ばして摑みます。

「ずっと置いてもらえるなら助かりますけどね」

　鈴花ちゃんの手から林檎を受けとってすずみさんが言いますが、それもどうでしょうねぇ。誰かの悪戯《いたずら》だとは思うのですが、薄気味悪いと言えば悪いですからね。

ところが、その二日後。またまた林檎が置かれていたのです。今度も赤い林檎でした。そして大人たちは誰も気づきませんでした。発見したのはやっぱり学校に行こうとしていた花陽と研人でして、もちろん置いていった人物を見てはいません。

三度、座卓の上に林檎が置かれました。かんなちゃんと鈴花ちゃんはまた大好きな林檎が食べられるのかと、にこにこして大人しく待っていますよ。

「三回目かぁ」

紺が腕組みします。

「今回は何の本の上に載っていたの？」

ちょうどカフェから居間に入ってきた藍子が訊きます。

「片岡義男さんの『味噌汁《みそしる》は朝のブルース』。値段は百五十円」

すずみさんが鈴花ちゃんを膝の上に乗せてあやしながら考え込みます。

「どう考えてもその三冊の本に共通点はありませんよね」

「なさそうだね」

以前、誰かがやったようにタイトルの頭の文字だけ合わせても、み・ち・み、です。言葉になってません。

「作家の名前も、あ・む・か、ですもんね。意味が通じない」

「またこの後に林檎が来たとしても、その三文字の後にどんな言葉が来ても駄目ね」

藍子が言って紺が頷きました。

「ざっと本を読み返したけど、それぞれの内容からすぐに思い浮かぶものはないしね。誰かの何らかのメッセージだとは思うんだけど」

「メッセージである以上は、わかりやすくないと意味ないですからね」

すずみさんが言って紺が頷きながら顰め面をします。いつもはその勘の良さと知恵で解き明かしてくれる紺も、今度ばかりはお手上げでしょうかね。

午後になって、紺と青とマードックさんが蔵の中で何か整理をしていました。

あぁ、あちこちから集めてきた、おかはし玲さんの絵本や童話ですね。けっこうな量が集まってきました。生家を記念館にするための準備の方はどうなっているのでしょうか。本棚を用意したり改装したりとあれこれ大変だとは思うのですが。

「原画がないのが残念だよね」

「それが出てきたらけっこうな高値になるんじゃないの？」

どうやら、亡くなられて三十年の間におかはし玲さんの絵本の原画の行方がわからなくなり、ほとんど見つからない状況になっているようです。惜しいことです。せっかくの記念館ならばそういうものがあった方が箔《はく》が付きますよね。

今日はいいお天気です。冬の間はあまり開け放すことのなかった我が家の蔵の戸や窓も開けて風通しをよくしています。春が過ぎればまた今年も虫干しの時期になってきますね。何せ明治時代からの様々な古書などが詰まっている蔵です。これでその管理はなかなか大変なのですよ。

三人がどっこいしょと入口の階段のところに腰掛けて、それぞれ煙草《たばこ》に火を点《つ》けました。ますます喫煙者は肩身の狭い昨今です。燃えやすい紙である古本を扱っているのにも拘《かかわ》らず、勘一を筆頭に相変わらず喫煙率の高い我が家の男たちですが、子供も増えて家の中で堂々と吸うのは勘一のみ。それにしたって、帳場以外では吸わないようになりましたし、かんなちゃんと鈴花ちゃんが近づくとすぐに消すようになりましたしね。

我南人はあの甲状腺《こうじょうせん》の手術以来止めていると聞きますし、紺と青も、こうして蔵の前の防火バケツのところで吸うだけになりました。マードックさんはもともとそれほど多くは吸わない人ですね。

「親父は順調かな」

紫煙がゆっくりと空に向かって流れていきます。青がその空を見上げて言いました。

「そろそろ一度帰ってくるんじゃないかな」

「え？　もう？」

「リハは終わったってメール来たらしいよ。研人に」

「Tour、さいしょは、England ですよね」

研人の話ではイギリスに行く前に、一度帰ってくるそうです。携帯嫌いだった我南人ですが、さすがに世界を回る旅では皆も心配しまして持たせました。扱えないのではないかと心配する向きもありましたが、そこはあれなんですね。ミュージシャンの皆さん、機械の扱いには慣れていらっしゃるのですってね。我南人にしてもコンピュータの詰まったシンセサイザーとかいうものも使えるそうですから問題はなかったようです。

それで研人のところにはメールがよく来るそうです。なんですかお互いに顔を見て話もできるそうですよ。便利な世の中ですね。

「研人はいよいよ親父の跡継ぎだね」

青が言うと紺が苦笑いします。

「あいつは、本を読んでるよりギター抱えている方が似合うような気もするよ」

「けんとくん、うたも、すごいうまかったですしね。びっくりしました」

「そう言いながら意外と普通のサラリーマンになったりしてね」

三人で軽く笑い合います。まだ中学生になったばかりですから将来のことなんかわかりませんよね。紺だって小さい頃はパイロットになるなんて言ってましたよ。

開けた縁側の向こう、居間の電話が鳴っています。すずみさんが出たようです。紺と青は煙草を吹かしながらその様子を眺めていましたが、すずみさんがきょろきょろしています。ちょうどそこにやってきた亜美さんに受話器を渡しました。

「お義兄《にい》さん」

亜美さんに受話器を渡したすずみさんが縁側から紺を呼びます。少しばかり表情が険しいです。なんだなんだと三人で煙草を防火バケツに放り込みました。

「どうしたの？」

すずみさんが少し首を傾げました。

「研人くんの担任の先生から電話なんです」

「研人の？」

紺と青が顔を見合わせた後、電話で話している亜美さんを見ました。亜美さん、はい、はい、と受け答えしながら難しい顔をして紺を見ましたよ。何かありましたか。

「わかりました。どうもわざわざすみませんでした。はい、失礼致します」

頭を軽く下げる動作をしながら亜美さんが、ピッ、とボタンを押して電話を切ります。

「どうしたの？」

「それが」

亜美さん、唇をへの字にしました。

「研人が、光輝《こうき》くんと喧嘩をして泣かせちゃったんですって」

「え？」

光輝くんとですか？

三

喧嘩と聞いて勘一も居間にやってきました。すずみさんが帳場に座り聞き耳を立てています。かんなちゃんと鈴花ちゃんは帳場の後ろでかずみちゃんと一緒に積み木で遊んでいますよ。

光輝くんと言えば、離婚したお母さんと一緒に、近所のお母さんのご実家に暮らしはじめたとかで、転校してきたのは小学校の五年生のときでしたか。いじめられた経験があるらしく大人しい子でしたが、物語を作る才能があるのですよ。ちょいとした幽霊騒ぎみたいなものがあって、研人と仲良くなりましたよね。
一、二年ほど前にお母さんは再婚されたと聞いてます。確か、高坂《たかさか》から西田《にしだ》という姓になったはずですよ。
「研人、図書委員になったでしょ」

亜美さんが話し出して皆が頷きます。

「光輝くんは別のクラスだったんだけど、やっぱり図書委員になったんですって。それで、ほら図書室が旧校舎から新校舎に引っ越しして、その整理のお手伝いを図書委員全員でやっていたんですって」

なるほど、と皆が同じように相づちを打ちます。そういえばそんな話をしていました。

「そこで、なんだか二人で喧嘩になったんですって」

「原因は？」

紺が訊きます。

「先生が聞いた話では、どうやら片付けている最中に、光輝くんが本を大事にしなかったとかなんとかで研人が怒ったらしいの。あんまり強く怒ったので、光輝くん泣きながら研人に突っかかっていって」

怪我《けが》をしたとかではなく、ぶつかっていってなんだよやめろ、という程度のものだったらしいですね。それでも光輝くんが泣きやまなかったので騒ぎになったとか。

「先生はちょっとした行き違いでしょうって。その後は普通に話していたし、二人が仲が良いというのは小学校の方からも聞いているので、問題はないと思うけど一応のご報告って」

「ふーん」

勘一が腕組みをしながら唸ります。紺も首を傾げました。

「おかしいね」

「おかしいな」

「そうだよね」

「そうですよね」

皆で同じことを考えているようですね。

「光輝くん、あんなに読書が大好きな子なのに、本を大事にしなかったっていうのは変ですよね？」

すずみさんが帳場の方から言います。その通りですね。よく一人で我が家にやってきては飽きもせずに本を読んでいましたよ。

「それに、あの二人仲いいよね」

青です。確かにそうです。何かにつけ行動的な研人と大人しい光輝くんですから、いつも一緒に遊ぶということは少なかったのですが、我が家で本を読んでいる光輝くんを見つけると研人が声を掛け、二人でゲームをしたりしていましたよね。

「研人も光輝くんとは気が合うって言ってたしな」

「まぁ仲が良くたって喧嘩するってことはあるだろうけどよ」

勘一が言います。話を聞いていたかずみちゃんが笑いました。

「帰ってきたら研人に話を聞いてみて、何事もなければそれでいいんじゃない？」

「そうだな」

晩ご飯は美味しそうな春キャベツをいただいたとかで、豚肉との味噌炒《いた》めがメインになったようです。玉葱《たまねぎ》もたっぷり入っています。他にも春野菜をたくさん使いましょう、とのかずみちゃんの声で、豆ご飯にお豆腐と蕗《ふき》のおみおつけ、蕗は醤油《しょうゆ》とみりんで煮物にもします。高野豆腐と桜海老《さくらえび》の卵炒めも出て来ましたが、これは杉田さんのところでしょうかね。

いつものように皆が揃って「いただきます」です。

「研人」

紺が口を開きます。

「夕方、担任の先生から電話が掛かってきたぞ」

研人は何を言われるのかわかっていたのでしょうね。うん、と頷きました。

「先生から一応話は聞いたが、何があったんだ？」

「いや、ちょっとね」

「ちょっとじゃわからないよ。何があったか話してごらん」

勘一は黙ってご飯を口に運びながら聞いています。基本的に口やかましい男ですが、子供の教育に関しては親に任せるという考えですからね。今まで藍子や紺、青の学校のことに関しても、我南人に口出ししたことはありませんよ。

「光輝がさ」

「うん」

ちょっと考えながら、でも豆ご飯を口にしながら研人が言います。

「本を乱暴に扱ったんだよ。本棚に投げるように置いたりさ。運んだ段ボール箱も床にドスン！　と落とすしさ。それで文句を言ったら、あいつ泣き虫だからさ。泣いちゃっただけ」

「でも喧嘩になったんだろ？」

「先生が大げさなんだよ。ちょっと肩を叩き合っただけなのに大騒ぎしたんだよ。最近はそういうのに敏感なんでしょ？」

確かにそのようですね。でもそれを中学生になったばかりの研人が知っているというのもなんですね。

紺がほんの少し眼を細めて研人を見ました。他の皆は黙ってご飯を食べながら耳を傾けてますね。かんなちゃん鈴花ちゃんが食べるのを見ているすずみさんと亜美さんはそれどころではありませんが。あぁかずみちゃんが気を利かせて亜美さんと交代してくれました。

「本当にそれだけなのか？」

紺が言います。何か言い方に含みがありますね。父親だけあって、何か研人の様子に考えるところがあったのでしょうか。

「ほんっとうに、それだけ。嘘《うそ》じゃないよ」

紺と亜美さんは黙って顔を見合わせて、少し頷き合いました。これ以上問い詰めても何も言わないと考えましたか。研人は涼しい顔で食事を続けています。

そこに、電話が鳴りました。藍子が受話器を取って、出ます。

「はい、堀田です」

どなたでしょう。藍子が、はい、はい、と二度返事をします。

「お待ちください」

送話口を手で塞《ふさ》いで、藍子は受話器を紺に差し出します。

「紺ちゃん、光輝くんのお父さん」

あら。皆が研人の顔を見て、それから紺と亜美さんとめぐらせます。研人もちょっと驚いた顔をしましたよ。

「お電話代わりました」

やはり、はい、はい、と返事をします。

「どうもこの度は、はい、こちらこそ。ええ、この後ですか」

この後？　紺が皆の顔を見回しました。

「承知しました。お待ちしております」

ピッ、と音を立てて電話を切ります。

「光輝くんのお父さん、西田さん。八時ぐらいにお詫びかたがたお邪魔したいって」

皆が一斉に壁に掛かった時計を見ました。さてさて、そうなればさっさと晩ご飯を済ませなきゃなりませんね。

＊

何せ二歳にも満たない子供がいるといろいろと忙しくてしょうがありません。お風呂にも入れなきゃなりませんし、かといって人が多い我が家はお客様を通す客間があるわけでもありません。普段は居間と続きの仏間に子供二人の紙おむつや玩具《おもちゃ》がばらばらと散らかっているのですが、それを二階の廊下にばたばたと運び込みます。

古い家なので二階の廊下は大画面のテレビを置いて皆で観《み》られるほど無駄に広いですからね。そこもかんなちゃん鈴花ちゃんのいい遊び場になっているのですよ。亜美さんすずみさんが二人の様子を見ています。

晩ご飯の後片づけを皆で済ませて、お風呂を沸かして、さぁまずはかんなちゃん鈴花ちゃんをお風呂に入れてしまいましょう、というときに、とっくに閉めた古本屋の雨戸が、どんどん！　と叩かれました。

「ん？」

「西田さんかな？」

　さて、裏の玄関ではなくこちらからいらしたのかと紺が出てみると、そこにいらっしゃったのは、西田さんではありませんね。

「おぉ！　紺ちゃんか！　でっかくなったなぁ！」

「風一郎さん⁉」

　金髪ではありませんが我南人と同じぐらいの長髪を油で後ろに流したヘアスタイル。ロックンローラーの安藤風一郎さんがそこに立っていました。

「風一郎だぁ？」

　その声を聞いた勘一が座卓から立ち上がろうとしたときに、今度は裏の玄関のチャイムがピンポン、と鳴りました。

「西田さんね！」

　亜美さんが慌てて走っていきました。

「なんだってまぁ」

　勘一が首をぐるりと回しましたよ。風一郎さんが我が家に謝罪に来るという話は藤島さんを通じて聞いていましたが、連絡もなしにいきなりで、しかもこんなタイミングでやってくるとはですね。

「勘一さん！」

出迎える間もなく、風一郎さんがドタバタと居間の方に転がり込んできました。

「あぁ？」

勘一が顰め面をします。

「てめぇ、酔ってやがるな？」

「いや、酔ってませんよ」

いいえ、その様子は明らかに酔ってますね。近寄っていった花陽も思わず鼻を抓みました。酒臭いですよね。

「どうも！　この度は！　本当にすみません」

「いいから黙ってろ！　ったくこんなときにしかも酔っぱらってきやがって。紺！　マードック！　この馬鹿を我南人の部屋に放り込んどけ。後で説教してやる！」

お客様がいらしたのに、いいえ、風一郎さんも一応お客様なのですが、こうも酔っぱらっていては西田さんにご迷惑を掛けかねません。紺とマードックさんが二人で、騒ぐ風一郎さんを引っ張って二階へ連れて行きました。

「すみません騒がしくて、さぁどうぞ」

亜美さんが西田さんをお連れしましたよ。西田さんが我が家に来るのは初めてですね。一緒に奥さんの泰子《やすこ》さんに光輝くんも来たようです。さぁさぁどうぞ、と居間にお通ししたところで、また古本屋の方から声がしました。

「ごめんください」

あぁ、戸を開けっ放しでしたからお客さんが開店していると思って入ってきたのでしょうか。青が慌てて出ていきました。

「すみません、もう閉店なん」

青の口がそこで開きっ放しになりました。お店に立っていたのは女性ですね。あら、この間、青を訪ねていらっしゃった方ではありませんか。

「堀田くん。久しぶり」

「川上《かわかみ》先輩！」

先輩？　青の先輩なのですか？　ちょうど出て来たすずみさんも少し驚いた顔をして青の顔と川上さんという方の顔を見比べましたよ。

「森下《もりした》先生！」

すずみさんの後ろで声がしたと思ったら研人です。花陽も出て来て、「あぁ！」と口を開けました。

先生、ですか？

なんですかどうしてこうもとっちらかってしまうのでしょう。何はともあれ、西田さんの件を片付けなければなりません。

川上というのは旧姓で、今は結婚されて森下というお名前だそうです。とりあえず森下先生はカフェにお連れしまして、しばらくの間はコーヒーを飲んでいただくことになりました。お相手はもちろん青です。念のためというわけではありませんが、藍子にも一緒にいてもらいましたよ。

居間の座卓には紺と亜美さんと研人、それに勘一がつきました。二階の我南人の部屋にお連れした風一郎さんの世話はすずみさんと花陽。かずみちゃんが見張っているはずです。かんなちゃんと鈴花ちゃんの様子はマードックさんが見張っているはずです。かずみちゃんが一応お茶などを出すために台所に控えていますね。きっと聞き耳を立てていますよ。

「どうも遅くに申し訳ありません」

お茶をお出しすると西田さん、笑顔で言いました。初めてお会いしましたが、体格のよろしいというか、失礼ですけど少し太り気味でしょうかね。まぁ許容範囲でしょうけれど。

「まぁこういうことはあれですね。早い方がいいと思いまして、光輝から話を聞いてすぐにお伺いしたわけなんですが」

正面に座った紺に向かって言います。

「それで、今回の件なんですが」

紺が口を開くと、最後まで聞かずに西田さんが、いやいやもう、と笑顔で言い出します。

「ご承知の通り私は再婚相手でしてね。光輝に関しては一生懸命いい父親になろうとしているのですが、仕事も忙しくてなかなかかまってやれません。研人くんとはね本当にいい友達でいてもらって感謝しているんですよ」

「はぁ」

話し続ける西田さんに、亜美さんも紺も頷くしかありません。

「この通り光輝は内気な性格でしてね、研人くんは本当に活発で元気で卒業式のライブなんかにはもう驚かされましてやっぱり受け継いだ才能なんだなぁと家内とも話していましてね。いつまでも光輝といい友達でいてほしいなぁと思っているんですよ。ですからもう今回のことはですね。光輝が元気な研人くんのやんちゃさに押されてしまったということでもうそれでうちの方も納得としていますのでね。まぁ子供のことですからこれで済ませてですね。今後ともひとつよろしくお願いしますというわけなんですよ。研人くん」

「はい？」

「光輝は気が弱いからさ、少し気を使ってやってくれるとすごくおじさん嬉しいんだ。これからも光輝をよろしくね」

畳みかけるように言われて研人は眼を白黒させてますよ。台所で聞いているかずみちゃんの頬《ほ》っぺたがぴくぴくと動いています。これはあれですよ。昔からそうなのですが少し頭に来ている証拠です。

確かに西田さん、何か勝手に自分で決めつけられてお話をしているようにも感じますね。

「いや西田さん、それなんですが」

紺が言います。

「光輝くんに事情を訊きたいなと思っていたんですが」

「やあもうそんなのね事情なんて子供同士のことなんですからどうでもいいというか。他人行儀というかいや他人なんですけどねもういいんですよ。うちもそういうことで納得してますんで。普段はもう仲の良い二人だって聞いていますから。子供は研人くんぐらい元気な方がいいですよね。ちょっとぐらいどつかれたからって泣く方が情けないんですよ。うちの光輝にも少し分けてもらいたいぐらいですけど、まぁもうどついたりするのは勘弁ってことで研人くんにも言い聞かせてもらえれば」

ドン！　と突然大きな音がしたと思ったら、勘一が自分の大きな湯呑《ゆの》みを座卓にわざと強く置いたのですね。

「西田さんよ」

それまでずっと腕を組んで黙って聞いていた勘一が口を開きました。何か嫌な予感がします。いきなり怒鳴らないときの勘一は相当怒っている証拠なのですよ。

「あ、はい」

「俺は研人のひい祖父《じい》さんでよ、研人を育てんのは親の紺と亜美さんの役目だからな、そういうことには口を出すもんじゃねぇと思って黙って聞いていたんだけどよ。ちょいと一言だけいいかね」

西田さんが返事をする前に勘一の怒鳴り声が響き渡りました。

「この唐変木《とうへんぼく》が!!」

あぁやっぱり。西田さん、思いっきりのけ反ってしまいました。

「黙って聞いてりゃあよ。いかにも子供に理解のある親父って顔をしてまぁぺらぺらくっちゃべっていたけどよ。おめぇうちの研人と光輝くんの間に何があったのかを聞いたのか!」

「き、聞きましたけど」

「聞いてねぇだろうよ。おめぇはうちにやってきて、どうして喧嘩になったのかを、うちの研人になにひとつ確認してねぇじゃねぇか。喧嘩両成敗って言葉を知らねぇのか!」

「話って、光輝から聞きました!」

「べらんめぇ！　片っぽうの話だけで満足してどうすんだこの頓珍漢《とんちんかん》！　いいか、子供の喧嘩に親が出てくるときはなぁ、両方からきっちり話を聞いて、しっかり両方に罰を与えるもんだ。どっちが人の道に外れたことをしたかを説いて、その上でどんな理由があろうと喧嘩で騒がせたってことを分からせなきゃならねぇんだ。それをおめぇは黙って聞いてりゃ一方的に研人が悪いって決めつけた上で、二人が周りにどんな迷惑を掛けたかも理解させねぇでこれからも仲良くしてねぇだとぉ？　それはなぁ、謝罪でも和解でもなんでもねぇ！　ただの誤魔化《ごまか》しだ！　大人がいちばん子供に見せちゃあいけねぇ汚ねぇやり口だ！」

西田さんも、奥さんも眼を丸くしています。勘一の怒鳴り声は慣れていないと声を失ってしまいますよね。本当にごめんなさい。

勘一はそこで大きく息を吐いて、優しい笑みを見せて光輝くんを見ました。

「光輝くんよ」

「はい」

「お父さんを怒鳴っちまって悪かったな。まぁおめぇはしょっちゅううちに来てるから慣れてるだろ」

そうですよね。光輝くん、ちょっと恥ずかしそうに微笑みました。

「話、聞かせてくれよ」

「話？」

「おう」

勘一が頷きます。

「どうして仲の良いおめぇたちが喧嘩をしたのか、研人からは聞いた。今度は光輝くんから聞かせてくれ。どんなことがあったのかをよ、おめぇの思うまんまに正直にな」

光輝くんが躊躇《ためら》っていると、突然、ガラリと縁側の戸が開きました。

「ただいまぁあ」

大きな影がそこにのっそりと現れます。

「お義父さん！」

「親父」

「おめぇ」

我南人です。どうしてこの男は普通に玄関からやってこないのでしょうか。

金髪長髪は相変わらずですが、何故か真っ赤なテンガロンハットを被《かぶ》って、足下は派手な模様のついたロングブーツを履いていますよ。アメリカのつもりなのでしょうか。

西田さんも泰子さんも光輝くんもびっくりしています。勘一は眼を大きくさせましたが、すぐに大きな溜息《ためいき》とともに、頭を抱えました。

「どうしておめぇはこういうややこしい場面で」

「あれぇ、お客さんかぁあ」

人の話を聞こうともしません。ブーツを脱いで、出迎えた亜美さんに何やら荷物をにこにこと笑って渡しました。

「お土産ぇ。皆の分があるからねぇ。あぁ光輝くんかぁ。お父さんお母さんぅ？　来ていたんだねぇ。ちょうどいい。アメリカのお菓子も入っているから食べてってねぇぇ」

「だからよぉ」

勘一が伸び上がって何か文句を言おうとしましたが、我南人が勘一に向かって、くいっ、と頭を振りました。勘一はそこで口を閉じ、眼を細めました。じっと我南人を見た後に、どさっと座り込んで腕を組みます。

さてわたしにはさっぱりですけど、親子の間で何か通じたのでしょうか。声を聞きつけたんでしょう、二階にいたすずみさんやマードックさんの階段を降りる音が聞こえてきました。かんなちゃん鈴花ちゃんはぐっすり眠っているのでしょう。起きて泣いたらすぐに聞こえますから大丈夫ですよ。

「ええっとお、光輝くんの新しいお父さんだよねぇぇ」

「あ、はい。そうです」

「はじめましてぇえ、研人の祖父です。どうもねぇ」

「どうも」

「あのねぇえ」

我南人は、いきなり座卓に手をついて身を乗り出して顔をぐいっと西田さんに近づけました。西田さん、また思わずのけ反りましたよ。

「すっごく遅いけどぉ、ご結婚おめでとうぉお」

「あ、ありがとう、ございます」

「どうして人は結婚するかぁ、知ってるぅ？」

「はい？」

何を言い出すんでしょうかこの男は。ひょっとしてあれですか。

「LOVEだねぇ」

あぁやっぱり。

「男はねぇえ、みぃんな心の中にLOVEを持って生まれるんだぁ。生まれたその時からLOVEを抱えてぇ、それをぉ大好きになった女に捧《ささ》げるんだよぉ。でも男はみんな恥ずかしがり屋だからさぁ、その女以外にはぁ誰にもLOVEを見せたくないんだぁ」

何を言いたいのかさっぱりわかりません。西田さんも眼を白黒させてますよ。

「光輝くんもぉ、LOVEをいっぱい持ってるんだねぇ。でもまだ子供だからぁ、そのLOVEをどうしていいかわかんないんだぁ」

ずっとびっくりして眼を丸くしたままの光輝くんでしたが、そこで何か気づいたように表情を変えましたね。研人は下を向いたままですがどうしましたかね。

「親父ぃ」

「なんでぇ」

「おかはし玲さんの本ぅ、集まったんだよねぇ」

「集まったぜ。十二分にな」

「じゃあさあ、〈おかはし玲記念館〉で本を並べるお手伝い、研人にも光輝くんにもやってもらおうねぇ」

「あ？」

もうこの場にいる全員の頭の上にクエスチョンマークがぐるぐる回りっ放しになっているのではないですか。わたしにもさっぱりわけがわかりません。

「図書室の本を整理しているときにぃ、喧嘩になったんだからぁ、本の整理をしながら仲直りしようねぇぇ」

どうしてアメリカから帰ってきたばかりの我南人がそれを知っているんでしょうか。我南人の話をじっと聞いていた紺が口を開きました。

「親父」

「なぁにぃ」

「それで、全部丸く収まるの？」

我南人は、にんまり笑ってその通り、とでも言うように紺に向かって親指を立てて見せました。紺は、うん、と大きく頷きます。

「西田さん」

「あ、はい」

努めてにこやかに紺は応対します。この子は本当にどんなときでも冷静ですよね。騒がしい祖父と父親のせいでとっちらかってしまったこの場を整理するように静かにゆっくりと、でもはっきりとした口調で語りかけます。

「何はどうあれ、研人と光輝くんが仲の良い友人であるのは間違いありません。こちらこそ、これからもどうぞよろしくお願いします」

真っ直《す》ぐに西田さんを見つめ、ゆっくりと頭を下げました。それに合わせて亜美さんも頭を下げます。西田さんもそうされたら、わけのわからない我南人のことは放っておいて、頭を下げるしかありませんね。

「まずは、父の話を黙って聞いてくれませんか？」

四

勘一の怒鳴り声のあたりから、穏やかではないと思った藍子と青と森下先生。どうやらこちらにも関係がある話のようだと森下先生がおっしゃったので、居間に移動してもらいました。

「図書室の先生だよ」

研人が言います。光輝くんも大きく頷きます。それぞれの親たちがこれはどうも、と挨拶を交わします。一通りの挨拶が終わったところで青が言いました。

「そして、俺の先輩なんだ。中学校のとき二年上で、しかも図書委員だった」

あら、そうなのですか。

「この春に、母校である中学校に赴任してきたんです。そうしたら図書委員に堀田研人くんのお名前があって、お会いしたらどことなく堀田くんに似ていたし、古本屋さんのお子さんだというので」

「青のことを思い出したってわけですかい」

そうなのです、と森下先生にこりと微笑みます。それで花陽がどこかで見たことあると言ったのですね。新任の先生なのではっきり覚えていなかったのでしょう。

「それで訪ねてこられたってわけですな」

勘一が言うと、ちょっと先生は首を捻りました。青が頷きます。

「わざわざ来たのには理由があるんだけど、それを話す前に、親父の説明を聞いた方がいいのかな?」

青が言うと、我南人が頷きました。

「どういうこったい」

「林檎だよぉ」

我南人が言います。

「あ？」

「林檎？」

「なんでおめぇはそう全部事情を知っていやがるんだ」

我南人はにっこり笑って座卓の上に何かを載せました。携帯電話ですね。これはあれですよね。最近流行《はや》りの iPhone とかいうものですよね。

「全部、研人や花陽からメールもらってぇ聞いてるねぇ」

なるほど、と勘一は頷きます。

「それでぇ、林檎の写真は花陽から送ってもらったねぇ」

「花陽から？」

花陽が、うん、と頷きました。

「三回とも携帯で写真撮っといたから」

いつの間に撮っていたんでしょう。全然気がつきませんでした。最近の子は本当に素早いですね。

「林檎がどうしたんだよ。それが光輝くんと研人の喧嘩と何の関係があるんでぇ」

そうですよ。肝心の研人だって光輝くんだって、首を捻ってどういうこと？　という顔をして我南人を見ていますよ。

我南人がちょいちょいとiPhoneをいじるとそこに現れたのはあの林檎です。紺に向かってその写真を見せました。

「これがぁ、一個目」

「うん」

我南人がまたいじります。きれいに見えるものですね。

「これがぁ、二個目」

赤い林檎ですね。

「そしてこれがぁ三個目」

紺が眼を細めました。皆も見つめていますけど、首を捻りました。

「それがどうしたってんだよ」

「わかった」

紺です。わかったんですか。写真を見つめながら少し悔しそうに苦笑いします。

「林檎が置いてあった場所まで見てなかったからなぁ」

「場所？」

亜美さんが首を傾げます。

「ほら。一個目は階段棚の七段目に置いてある」

紺が我南人の手からiPhoneを受け取って示します。

「二個目は三段目、三個目は五段目。この林檎は研人の入学式の日から置かれていたんだ。そして時間はあの通りを通学や通勤の人たちが通る時間帯。だから、きっと研人に関係がある人物がやっているんだろうなと予想はしていたんだけどね」

「僕に？」

研人もびっくりしていますから、やっぱりこの子も何も知らないんですね。紺が研人に微笑んでから我南人に訊きます。

「親父、確かめてきたの？」

「さっきぃ、うちに帰ってくる前にぃ、ケンちゃんの家に寄ってお土産置いてさぁ、訊いてきたよぉ。間違いないねぇ」

ケンさんですか？

「ケンさんって」

「奈美子《なみこ》ちゃんのおじいちゃんの？」

すずみさんがそう言ってすぐに「あ！」と大声をあげました。

「七、三、五。な、み、こ！」

あら。花陽がそうか！　と手を上げます。授業じゃないんですから。

「七段目、三段目、五段目。奈美子ちゃんが自分の名前と合う数字の段に林檎を置いて行ったんだ！」

亜美さんに藍子、かずみちゃんがそれぞれにあぁ、という顔をした後にちょっと微笑みます。勘一と青とマードックさんはまだ首を傾げてますよ。

「研人もぉ、さすが青の甥《おい》っ子だねぇ。女泣かせだねぇ」

「あぁ？」

ようやく勘一も気づいたようです。

「じゃあ、あれか？　奈美子ちゃん、研人が中学校に入って、別れ別れになっちまうからってか？　研人のことが好きだったのか？」

「まだ四年生だから、きっと奈美子ちゃん淋しかったのね」

藍子です。奈美子ちゃんが我が家に初めてやってきたのは小学校に入学したばかりの頃でしたか。百科事典を毎日登校前に我が家に置いていっていたのですが、あれはどんな理由があるのかと随分悩んだものでしたね。

「そんな、恋なんてはっきりした気持ちじゃないだろうけどねぇ」

かずみちゃんが言います。

「わかってたのか？　かずみは」

「私だけじゃないよ。藍子ちゃんも亜美ちゃんもすずみちゃんも。花陽ちゃんだってなんとなく思ってたよね」

「うん」

花陽がにこにこして頷きます。

「小学校に行くときさ、この辺の子はみんな揃って歩いていくじゃない。研人も奈美子ちゃんもそれこそ光輝くんも。途中で芽莉依ちゃんが合流して研人と仲良くしてると、奈美子ちゃんいっつもしゅんとしちゃってた」

そうなのですか。ひょっとしたらあれですね。一年生の頃から研人をお兄ちゃんのように慕ってくれて、よくお店にも通ってくれましたけど、だんだんにそういう気持ちがわかってくるようになったのですかね。

「それでぇ、たまたま入学式の日ぃ。自分の家にいただきものの林檎があったんだってぇ。研人が林檎大好きなの知ってたしぃ、前に食べながら小学校に通っていたのも見ていたしぃ、それに、自分のあの百科事典の小さな悪戯も思い出してぇやったんだってさぁ」

「もう今日から研人とは一緒に学校に通えないから、あれだ、思い出にさよならってなことでよ、昔みたいにちょっとした悪戯をしてみたってことかい」

「そうそうぉ。三つ違いだから中学校でも一緒になれないしねぇえ。うちの連中ならぁすぐに誰かが見抜いてくれるかなってねぇ」

ますか。

奈美子ちゃんまだ四年生、十歳ですものね。それぐらいの悪戯は考えなしにしちゃいますか。

ちょっと待ってください、と何故か亜美さんが慌てたように言います。

「お義父さん、ひょっとしたらですよ？」

「なぁにぃい」

「その話と研人と光輝くんの喧嘩の話を一緒くたにしちゃったってことは、そして、LOVEだねぇって言ったってことは、ひょっとして今回の二人の喧嘩の原因はそれこそ皆一緒に通っていた」

亜美さん、一度言葉を切って、研人を見ました。それから、光輝くんも見ました。

「言っちゃっていい？　今思いついたことを。たぶん正解だと思うんだけど」

亜美さんが研人と光輝くんに言います。研人は、しょうがない、というふうに頷いて光輝くんに向かって言いました。

「光輝」

「うん」

「しょうがないよ。これも試練だ」

試練などと難しい言葉を。でももう中学生ですからね。研人に言われた光輝くん、やっぱりあきらめたように息を小さく吐いて、亜美さんに向かって言いました。

「いいです」

亜美さん、お母さんの顔になって、うん、と大きく頷きましたよ。

「喧嘩の原因は、芽莉依ちゃんなの？　光輝くん、芽莉依ちゃんのことが好きだったたってこと？」

光輝くんが顔を真っ赤にして俯《うつむ》いてしまいました。研人が唇を真っ直ぐにしました。小さく息を吐きましたよ。

「そういうこと。でも、喧嘩はしてないよ」

西田さん夫妻が眼を大きくして、俯いてしまった光輝くんを見ました。

「良かったぁ」

亜美さん何故か大げさにホッとしています。

「だって、研人と光輝くんの喧嘩にお義父さんが『LOVEだねぇ』って。まさか二人が好き合ってるのかと思っちゃった」

皆が、あぁ、という顔をしてから苦笑いしました。確かにそういうふうにも思えましたか。最近はいろいろありますから、それならそれで見守ってあげるのでしょうけど。

「研人」

紺が手を伸ばして、まるでアキかサチでもいじるように研人の髪の毛をぐしゃぐしゃにします。

「それで、嘘をついたのか。光輝くんが恥をかかないように喧嘩をしたってことで口裏を合わせたのか」

「うん」

研人が話し始めました。

「図書室で整理していたらさ、あ、そうそう、ここで森下先生の話になるんだ」

研人が森下先生を見ると、先生もこくんと頷きます。さてどのように繋《つな》がるのでしょうか。

「不思議なんだよ。古い図書室の古い本をまとめた段ボールにさ、うちの本が入っていたんだ」

「うちの本?」

勘一が顔を顰めました。

「そう、ちゃんと〈東京バンドワゴン〉の検印が貼《は》ってあった」

「そいつぁ妙だな。うちでは中学校に本を寄贈した覚えなんかねぇぞ」

勘一が言って紺を見ると、紺も頷きました。

「僕も知らないな。それにもし寄贈するのなら、検印は剝《は》がしておくよね」

「そうさな」

それで、と研人が続けます。

「それを見つけたのが光輝でさ。見つけた本っていうのが、偶然僕が前に芽莉依の誕生日にプレゼントしたのと同じ本で」

「なんてぇ本だ」

「『野郎どもと女たち』。デイモン・ラニアンの本だよ」

「おお、あれか」

デイモン・ラニアンとは渋いですね。さすがというか、研人も古本屋の息子ですね。

「芽莉依、ブロードウェイのミュージカル映画とか好きだからさ。それで、それは光輝も知っていたんだけど」

研人が言い難《にく》そうにします。

「光輝、急に泣き出しちゃって」

その本は光輝くんも大好きな物語だったそうです。芽莉依ちゃんが研人に貰って嬉しそうにしている様子や、本の感想を話し合うのを光輝くんも一緒に居て、見ていたそうです。

光輝くん、俯いたままでしたが、顔を上げました。ぐっと何かをこらえた顔をしながら口を開きます。

「ごめんなさい」

そう言って頭を下げます。

「そのとき、なんでかわかんないけど、急に悲しくなっちゃって。ずっと言わないで我慢してたんだけど、芽莉依ちゃんとは中学も分かれたし。研人くんと芽莉依ちゃんがずっと仲良しでいるのは嬉しいんだけど、僕も、ずっと」

はぁ、と大きく溜息をつき、意を決したように光輝くんが言います。

「芽莉依ちゃんが好きだったけど、あきらめていたんだけど、なんかそのときは急に」

光輝くん、それまで我慢してきたものが、いろんな感情が込み上げてきてしまったのですね。感受性豊かな子なのですよ。それは以前に幽霊話で我が家に来たときにもよくわかりましたよね。

勇気を振り絞った様子に、すずみさんが、よく言った、というような表情で座卓の下で小さく拳《こぶし》を握ってますよ。

「そうしたらそこに先生や、他のみんなが来て、なんで泣いてるんだって」

「それでか」

頷きながら勘一が言います。

「咄嗟《とっさ》に、研人は芝居を打ったんだな？　喧嘩をして光輝くんを泣かせてしまったって。光輝くんが本当のことを言わなくてもいいようにだな？」

「うん」

二人で、頷きました。そういうことだったのですか。西田さん、ずっと黙って話を聞いてくれていたのですが、大きく溜息をつきました。

「申し訳ない！」

突然大声で言うと同時に頭を勢い良く下げましたが、あまりに勢いが良すぎて座卓におでこをぶつけてしまいました。

ごん！　と、とんでもなく良い音が居間に響き渡りましたよ。

「痛いっ！」

悶絶《もんぜつ》する西田さんに慌てる奥さん、光輝くんもびっくりして、でも、あまりにもいい音がしたのと痛がるお父さんを見て、笑い出してしまいました。つられて研人も花陽も、すずみさんも噴き出します。

西田さんも泣き笑いです。

「バチが当たったんですかね」

そうかもな、と勘一がにやりと笑います。

「まぁ怒鳴っちまったけどよ。あんたがな、再婚して息子になった光輝くんに気を使ってよ、大事にしている気持ちはよっくわかったさ。ちょいとばかり勘違いしちまってい たけどよ」

「面目ないです」

西田さん、おでこをさすりながら言います。

「駄目ですね僕は。僕自身気が弱いもので、ついつい事を荒立てないようになぁなぁで済ませようとする性分になってしまって」

「あら、いいのよ。勘一の方が何事にも怒鳴り過ぎなんだから」

かずみちゃんが笑って言います。本当にそうですよ。

「親父」

青です。

「なんだいぃ」

「ひょっとして〈おかはし玲記念館〉の手伝い、研人と光輝くんだけじゃなくて、奈美子ちゃんや芽莉依ちゃんも呼んで手伝わせようっていうことだったの？」

「そうだよぉお」

そんなことだろうと思いましたよ。我が息子ながら本当に単純です。

「だってぇえ、彼女の本にはLOVEがいっぱい詰まっているしねぇ。子供たちの心をあったかくさせる本ばっかりだよぉ。ついでに花陽もさぁ友達いっぱい呼んで、一緒に本棚を作ったら、きっといい思い出になるねぇえ」

勘一がやれやれといった表情で頭を掻きました。紺も亜美さんも納得したように微笑んでいます。研人と光輝くんは本当のことを言えたのですっきりしたんでしょうね。今までと表情が全然違いますよ。

「あの、それで」

すずみさんです。きょろきょろと森下先生と青の顔を見比べます。

「中学校の図書室にうちの古本があったっていうのは、どこで繋がるんでしょうか」

青が唇をへの字にしました。森下先生は微笑みましたよ。

「いやー、それがさ」

青です。

「中学の頃、川上さん、いや今は森下さんか。大好きでさ」

あら。

「森下さん、ずっと図書委員で、学校にはいい本が少ないっていつも言っていたんだ。それでさ、まぁ悪いとは思ったんだけどね」

かずみちゃんが、ポン！と手を打ちました。

「青ちゃん、店の本を黙って持っていって森下先生に渡していたのね？　図書室に置いていいって」

「そういうこと」

森下先生は微笑んで小さく頭を下げました。

「ごめんなさい。当時は私はそんなこと知らないで喜んでいたんです。それで、母校に赴任できて図書室の担当になって、思い出したんです」

「青にもらった本をそのまま図書室に置いていて、そしてその本を光輝くんと研人が見つけたんですね」

藍子が言うと、勘一が苦笑いしながら隣にいた青の頭をぽかんと叩きました。

「ったくよぉ。そういやおめぇは中学の頃がいちばん手癖が悪かったよな」

「面目ない」

「青ちゃんの初恋の人だったんだ」

かずみちゃんがそう言うと、青が照れて手をひらひらさせます。森下先生、ちょっと慌てたようにすずみさんを見ましたよ。

「あ、でもそのときは、堀田くんは私には何も言ってませんでしたよ。ただ図書室にいつも通ってくる後輩の男の子ってことだけで」

「大丈夫です」

すずみさん、ころころと可笑しそうに笑いました。

「でも、もりしたせんせい、あおちゃん、ふるほんやのむすこなのに、どうしてあしげく、としょしつにくるのか、わかっていたんじゃないですか？」

マードックさんが訊くと、先生頷いて微笑みましたよ。

「実はちょっと」

「ってことは先生にはまったくその気がなかったってことだな。青は先生にはフラれ続けたってこった。おめぇのそういう話を聞くのは気分がいいぜ」

とにかく女性にモテる青ですからね。皆が笑います。

「それで、堀田さん」

「ほいよ」

「十何年も経ってからで本当に失礼なお話なんですが、その本はどうしたら良いでしょうか。まだ段ボール箱に入れたままなのですが」

勘一がかっかっかと高笑いします。

「そんなに時間が経ちゃあ、もう学校のもんですよ。どうぞこれからも子供たちに読ませてやってください」

雨降って地固まると言いますが、どうやらわだかまりが残ることもなく、西田さんは本当に今後ともよろしくと言って帰られました。何でもお仕事は印刷業とかで、我が家と縁がないわけでもないですね。

皆で玄関で見送りました。そこで森下先生も失礼します、と挨拶したのですが、ふいに何か思いついたように顔を上げました。

「あの、余計なことかもしれませんが」

「はい」

森下先生、我が家の奥の方を見て言います。

「私が来る少し前に、男性の方がお一人来られていましたよね。二階に放り込んどけ！　なんて言葉が聞こえてきたんですけど」

「あ」

全員が声を上げて顔を見合わせました。さっきマードックさんは酔っぱらって寝てしまったって言ってましたけど。そうですよ、風一郎さんをすっかり忘れていました。

「風一郎さん」

紺とマードックさんは慌てて二階に向かいます。

「え？　フーちゃん、来てるのぉ？」

そういえば我南人は知りませんでしたね。皆が先生を見送って、居間に戻るとすぐに紺とマードックさんは降りてきましたけど、風一郎さんはいません。

「まだ寝てんのかあいつは」

「それが」

紺が首を傾げます。マードックさんが首を竦《すく》めました。外国の方ですからそういう仕草が似合いますね。

「ふういちろうさん、いません」

「いねぇ？」

「知らない間に帰っちゃったのかな。姿が見えないんだ」

なんだあの野郎は、と勘一が顔を顰めます。風一郎さん、昔は我が家によく来ていましたからね。二階から降りて、気づかれずに裏の勝手口から出ていけることも知っているはずですから、そうやって帰ったのでしょうか。

「酔いが醒《さ》めたら、謝りに来たのにまた酔っていた自分が恥ずかしくなったんじゃない？」

青です。

「まぁ大方そんなところだろ。めんどくせぇからほっとけほっとけ」

あぁ疲れたと勘一が言います。放っておいていいんですかね。

「さぁ風呂に入るぜ。まったく騒がしい夜だったぜ」

＊

紺が仏間に入ってきて、お線香に火を点け、おりんを鳴らしました。話せるでしょうかね。

「ばあちゃん」

「はい、今夜もお疲れさま」

「また大騒ぎだったね」

「少しはばらばらになってやってきてくれればいいのにねぇ。研人はどうしてるんだい」

「ケロッとして親父の部屋でギター弾いたりしてるよ。あいつは最近あそこが自分の部屋みたいだから」

「あれだよ、紺」

「なに？」

「研人が我南人に全部メールで伝えていたのは、親を頼りにしていないわけじゃないからね」

「わかってる。研人も経験から、ああいう事態のときには俺より親父のパワーに任せた方がいいって思ったんだろう」

「そうそう。むしろ親に心配掛けまいとした、息子のそういう成長を喜びなさい」

「了解」

「親の背中を見て子供は育つんですよ。子供ばっかりを見るより、子供に見られるように普段の生活を頑張りなさい。かんなちゃんも鈴花ちゃんもいるんですからね」

「そうだね。親としての自分のことを頑張らなきゃならないか」

「そうですよ。それよりかんなちゃん」

「かんながどうか、あれ？　終わりかな」

毎度のことですが、話せる時間はあっという間に終わってしまいますね。紺が苦笑いしておりんを鳴らして手を合わせます。かんなちゃんの勘が鋭いことを伝えようと思ったのですが、また今度ですね。

親と子の関係というのは、昔も今も難しいものです。やたらと色んなことが増えている今の方が難しいのかもしれませんが、そういうときは単純に考えればいいんです。

優しくすることと、厳しくすること。なんだってそうです。その二つさえあれば大抵のことは乗り越えていけるんですよ。それは子供にも、そして自分にもそうです。親が自分に厳しくすれば子供だってそれを見ています。

とはいえ、人間だから悩みますよね。悩んで、でも笑って。そしてまた悩んで。

その繰り返しで日々を過ごしていくことが、暮らしているってことですよ。

夏　歌は世につれどうにかなるさ

一

　梅雨《つゆ》も明けて、蟬《せみ》の声が一層大きく響くようになってきました。街中であるにも拘《かかわ》らず、木がこんもりと生い茂るお寺の多いこの辺りですから蟬たちの声も随分よく聞こえます。

　相も変わらず今年の夏は暑い暑いと騒がれていますが、夏は暑くなってくれないと困りますよね。暑さの恵みがないと、農作物だって育ちません。もちろん過ぎたるは及ばざるがごとしで暑いばっかりでも困るのですが。

　裏の右隣の田町《たまち》さんは、今年は庭の枇杷《びわ》の出来が悪いと少し心配していました。それでも、カラスが瓦屋根《かわらやね》の上に留まり、それからかたかたと足音を鳴らして屋根を歩き、立派に実ったものを狙《ねら》っていましたよね。

研人が物干し台に昇って、竹竿《たけざお》でカラスを追い払うのもこの時期の風物詩みたいになっていましたけど、そろそろ興味がなくなる頃でしょう。そのうちに、かんなちゃんや鈴花ちゃんの出番が来るまで枇杷の木も元気でいてほしいものです。

毎夏、勘一は子供たちのために朝顔を市で買い求めてくるのですが、今年もかんなちゃん鈴花ちゃんのためにとびきりのものを買ってきたと自分が喜んでいました。花陽はまだしも研人はもう興味を示してくれませんしね。

かんなちゃんと鈴花ちゃんが、自分で如雨露《じょうろ》で水をやってくれるようになるまで、あとどれぐらいでしょうか。三歳ぐらいになればできますかね。

意外と雨の日が少なかったように思う梅雨の時期も過ぎまして、お天道《てんと》さまがじりじりと照りつける日々が続いています。庭の、いつの間にかそこで咲いていた待宵草《まつよいぐさ》は、まだ時期が早いのにもかかわらず元気な蕾《つぼみ》をつけています。今年は咲くのが早いのでしょうか。そういえば昔はこの待宵草をおひたしなどにして食べました。今はあまり食用にはしないのでしょう。

子供たちが夏休みに入るのはもう少し先になりますが、今年の夏はどんなふうになるのでしょうかね。

そんな七月の初め。相変わらず堀田家の朝は賑《にぎ》やかです。

朝早くから元気に歩き回るのは、かんなちゃんと鈴花ちゃん。最近は皆の顔を叩《たた》いて起こして回っています。この二人、言葉を覚えるのが早いようでして、もう家族の名前をそれぞれしっかり呼んで起こすのです。そういえば我南人も孫の藍子、紺、青も皆喋《しゃべ》るのが早かったように思います。身長も体重もほとんど同じ二人ですが、髪の毛がくるくるしているのが鈴花ちゃんで、真っ直《す》ぐなのがかんなちゃん。その辺もどうやらお母さんの小さい頃に似たようですね。

今は隣の〈藤島ハウス〉に部屋がある藍子とマードックさん、そしてかずみちゃんが朝早くから我が家にやってくると「おはよー」と出迎えるのはいつもかんなちゃんと鈴花ちゃんです。

相変わらずクーラーのない我が家ですから、ひょっとしたら今年もあせもに悩まされるかもしれませんね。打ち水に、葦簀《よしず》に扇風機、ときには氷柱を立てたりして、二人が元気に過ごせるように工夫しなきゃなりません。

台所で朝食作りに精を出すのは、かずみちゃんと藍子。それにマードックさんと研人です。研人はなんですかすっかり料理に目覚めたようで、中学一年なのにもう包丁さばきも堂に入ったものです。

先日など、たまたま我が家に遊びに来ていてその様子を見たコウさんが驚いていましたよね。今から板前修業はどうだと誘われましたが、そんな気はないよと研人は笑っていました。ただの趣味なんでしょうかね。

どうやら今朝《けさ》は洋食のようです。卵をたっぷり染み込ませたフレンチトースト、トマトの冷たいスープにハッシュドポテトにいただきもののソーセージを焼いたもの。スクランブルエッグにはチーズを入れて、それから昨日の夜にたくさん作っておいたマカロニとポテトのサラダ。残り物のハヤシライスのソースがあるのはご愛嬌《あいきよう》ですか。それをスクランブルエッグにかけても美味《お》しいですよね。

いつものように座卓にそれぞれ皆が揃《そろ》ったところで「いただきます」です。

「なんだ今日は朝からやけに蒸すな」

「明後日《あさって》、お義父《と》さん帰ってくるそうですよ」

「花陽、塾の夏期講習申し込んだのか？」

「まま、そーせーじー」

「夏休みにさ、脇坂《わきさか》さんの旅館に行っていいんだよね？」

「Englandから、おやがくるそうです。はなびたいかい、みたいって」

「パリからだっけ？　親父《おやじ》帰ってくるの」

「はい、かんなちゃんソーセージ切ったよ」

「ぜひ来てねって言ってたけど大丈夫でしょうかね」

「へんにゃんが、すーってするの。すーって」

「あ、昨日申し込んだから。あとでプリント持ってくる」

「大丈夫なのかこのくそ暑い日本の夏にイギリスからやってきてよ」

「あおちゃ！　へんにゃんが！」

「お土産《みやげ》にすっごくお洒落《しゃれ》なものを買ったって言ってたよ」

「パリかー。遠い昔だなぁ行ったのは」

「ほったさんが、げんきなんだから、ぜんぜんだいじょうぶだろうって、いってました」

「へんにゃんってなんだっけ？」

「そういえば花火大会って、しばらく行ってないね」

「なんだよそりゃ皮肉かよ。おい、ウスターソースあったよな」

「ベンジャミンのことよ」

「はい旦那《だんな》さん、ウスターソースですけど、何に使うんですか？」

「花陽はこの夏は遊んでいる暇はないよな」

「ハヤシのソース、全部食べちゃうよ？」

「今年は皆でどっかに旅行にいけるんじゃない？　二人とも秋には二歳だものね」

「旦那さん、トマトスープにウスターソース入れるんですか？」

「やってみろって、これが乙な味ってんだよ」

何でも入れればいいってものでもありませんよ。それでも勘一はそれを美味しそうに飲んでいます。皆が顔を顰《しか》めてますよ。いったいどんな味になるんでしょうね。トマトにソースは合わないこともないでしょうけど、見当もつきません。

青が、明後日か、と呟《つぶや》きました。

「親父に言っておいた方がいいよな。きっと知らないんだろうし」

あぁ、と花陽が頷《うなず》きました。

「研人、メールした？」

「してない。最近来ないし」

あの男のことですからもう携帯電話に飽きたのかもしれません。他の誰も連絡はしてないようですね。勘一が仏頂面でトマトスープを飲み干しましたけど不味《まず》かったわけではないようですよ。

「風一郎の野郎を呼び出してとっちめてやってもいいんだけどよぉ」

「それはまだ早いってじいちゃん。事情がわからないんだから」

青です。そうですね。何せわたしたちにはわからない世界のことですから。

「でもまぁ、良い曲じゃない」

かずみちゃんです。皆がうん、と頷くと、それを真似《まね》してかんなちゃん鈴花ちゃんも頷きます。

「良い曲でもよぉ、盗作となりゃあ話は別だがな」

勘一が苦々しげに言って、箸《はし》を置きました。

我南人の後輩であり、昔はよく遊びに来ていたロックンローラーの安藤風一郎さん。春先にちょいとごたごたして我が家にやってきたのですが、いつの間にかいなくなってしまってそれっきりだったのです。

それが、テレビの歌番組に〈十年ぶりに登場！〉とあったので、皆で観《み》てみたのですよ。そこで風一郎さんが歌った新曲というのが、あの我南人の曲だったのです。いえ、我南人が新しい曲だと言って、花陽のために携帯電話の着メロというものにしてくれた曲だったのですよね。

これはいったいどういうことだと我南人の部屋を探したときに、研人が、その着メロが録音されているものを見つけました。なんでもデータというものになっていて、そのデータを記憶する小さなメモリというものに入れてすぐ持っていけるのだとか。

これは、あの夜に風一郎さんが見つけて持っていって盗作したのではないかと疑っているのですよ。

その曲、〈ホームタウン〉はあっという間に世間様に広がって、なんでも大層売れているそうなのです。長い間、ヒット曲に恵まれずもう消えたと思われていた風一郎さんが復活したということで、随分と騒がれているんですよ。

「がなとさん、いそがしいとおもいますよ。Europe の tour は、schedule がとても tight ですから」

何故《なぜ》か我南人のワールドツアーのことをよく把握しているマードックさん。聞けば、キースさんという方のバンドのスタッフに大学時代の同級生の方がいらっしゃるとか。

「帰ってきたら言えばいいよ。たぶん、本当に盗作だったらいろいやこしくなるだろうから、俺たちが騒いでもしょうがないよ」

紺です。その通りですね。最近はすっかりギターも上達したらしい研人もちょっと怒った顔をしています。音楽をやることに目覚めたようですから、なんとなくわかるのかもしれません。

とりあえずは当人たちに任せるより他ありません。

朝ご飯も終わり、花陽と研人がごちそうさまを言って、自分の食器を下げに行きます。すぐに学校に行くのですよね。縁側に置いてあった中学校の鞄《かばん》を持って、二人で「行ってきまーす」と出ていきます。かんなちゃん鈴花ちゃんは、優しいお姉ちゃんお兄ちゃんのお見送りをしないと気が済まないのです。そばにいた藍子とマードックさんが二人と手を繋《つな》いで一緒に小走りに玄関に向かいます。当然、アキとサチも一声鳴いて一緒に走っていきますよ。

「あ、じいちゃん」

そのタイミングを見計らったように青が言います。

「おうよ」

勘一が何か歯にものが挟まったのか、爪楊枝《つまようじ》を口にして青を見ました。

「昨日、すずみには言ったんだけど、ＪＴＤから、もう一度添乗員契約をしてくれないかって話があるんだ」

「うん？」

ＪＴＤとは、青が添乗員契約をしていた旅行会社ですね。ここ一年ほどは旅行業界の不況の影響や、青自身が古本屋稼業に精を出すようになったので契約は一時解除していたはずですが。

「そりゃまたなんでだ」

「ここのところ少しずつ旅行業界も活気が出てきてさ。まぁ景気は相変わらず良くはないんだけど、いろいろ工夫して国内旅行も海外旅行もいろんなバリエーションが増えてきたんだ」

ちょうどそこで片付けをしていた亜美さんが頷きました。

「航空業界もいろいろ再編の時期に来ているし、これから旅行業界もいろいろ変わっていくわよね」

元は国際線のスチュワーデスだった亜美さん。今でも当時のお仲間がカフェに来てくれています。そういうお話もあれこれ聞くのでしょう。

「それでまぁ、稼ぎ頭でもあった俺に再度お声が掛かったってわけ。添乗だけじゃなくて企画段階から参加していろいろやってほしいってさ」

勘一が、ふむ、と頷きます。稼ぎ頭だったかどうかはともかく、人様に必要とされるのは嬉《うれ》しいことですね。

「そりゃまぁ結構なことじゃないか。職がねぇってあちこちで騒いでいるこの時期にな」

「うん」

「でもよ、おめぇはもう添乗はいいやとか言ってなかったか？　またやりたいってんなら、おめぇの人生だから煩《うるさ》いこたぁ言わねぇけどよ」

「そうなんだけどさ」

青が紺の顔を見ます。

「兄貴にはこのまま執筆活動を続けてほしいし、俺もすずみと一緒に古本屋稼業を継ぐ気は満々なんだけどさ」

「けど？」

片付けものをしていた女性陣も、玄関から帰ってきた皆も、手を止めて青の話を聞いてますね。

「花陽のさ、学費」

　あぁ、とかずみちゃんが頷きます。勘一の眉毛《まゆげ》もひょいと動きました。

「塾のお金だって馬鹿にならないし、医大なんか行ったら大変だろう？　財布は多い方がいいと思ってさ」

　正直、古本屋の収入などは趣味でやってるのかと言われるようなものですからね。我南人の曲の印税やカフェの収入、紺の本の印税や原稿料でやっと生活しているようなもの。我が家の家計はいつも火の車です。

　マードックさんと藍子が結婚してからは、マードックさんの画家としての収入も加わりましたが、それにしたって藍子と花陽の三人家族としたならば普通に暮らしていける程度。申し訳ないですけど大したものではありませんからね。

　そのマードックさん、今は花陽の父親ですからね。青の話を聞いて深く頷きます。

「マードックよ」

「はい」

「花陽の父親になったおめぇの稼ぎが悪いからって言ってるんじゃねぇからな」

「わかってます」

　マードックさん、苦笑いします。

「ひとつやねのしたですから、みんないっしょ、ですね」

「おうよ」

どこかに離れて暮らすと言うのなら話は別ですが、ここで一緒に生活しているのなら、子供の将来を皆で考えてあげるのが家族ってものですよ。

「私もそうやって育てられたからね」

かずみちゃんが言います。そうでしたね。

「まったくの赤の他人なのに、草平さんと美稲《みね》さんは自分の本当の子供のように育ててくれた。サチさんは本当の妹のように慈《いつく》しんでくれた」

振り返って、仏間に飾ってあるお義父さんとお義母《かあ》さんの写真を見ました。今見てもモダンな装いで額に収まる二人のお姿はいつまでも若いままです。実は、その隣に飾られているわたしの写真は、できればもう少し若い頃のものにしてほしいと思っているのですが、どうでしょうか。

「どうせならよ、大病院の院長様にでもなって俺を隠居させてもらいたかったがな」

「なに贅沢《ぜいたく》言ってるんだよ」

皆が笑います。青が続けました。

「まぁまだ正式には決まっていないんだけどさ。そうなったらまた家の方を留守にすることが多くなるから、マードックさんカフェの方よろしくね」

「まかしといてください」

もちろんマードックさんも自分の画家としての仕事もありますが、カフェの仕事も藍子と二人で楽しんでやってくれていますよ。


片付けが終わる頃、勘一はいつものように帳場にどっかと座り込みます。すずみさんが大きな湯呑《ゆの》みにお茶を持ってきました。今日も暑いというのに勘一は一年中熱いお茶ですよ。まぁその方が身体《からだ》にはいいのかもしれません。

「はい、旦那さんお茶です」

「おお、ありがとよ」

ずずっと啜《すす》って眼鏡《めがね》を掛け直します。

「あら？　そういえば」

「なんでぇ」

「祐円さんが来ませんね」

勘一が笑います。

「あいつぁこの時期になると必ず風邪《かぜ》を引くんだ。よく言うだろ夏風邪は馬鹿が引くってよ」

笑い事じゃありませんよ。祐円さんだって同い年。風邪ひとつが命取りになることだってあるんですからね。

「心配ですね」

すずみさんがそのまま帳場の奥の本棚に移動して、買い入れた本の整理などを始めます。

「なぁに、あいつぁ昔っから俺より丈夫な身体だったからよ。心配するこたぁねぇやな」

あとでちょいと様子を見に行ってみましょうかね。カフェにはもうお客さんがいらしていて、藍子と亜美さん、それにすっかりカフェの人気者になっているかんなちゃん鈴花ちゃんの声が響いています。

朝方はお年寄りの常連さんが多いですから、二人の愛らしさと笑顔が元気づけてくれるようですよ。ある意味では二人ともすっかりカフェの看板娘になっていますね。そう考えると我が家は年齢の幅は広すぎますが、看板娘ばかりです。

からん、と土鈴《どれい》の音が響いて戸が開きました。蟬の声が急に大きく聞こえてきます。あら、茅野さんが入ってきて帽子を取って挨拶《あいさつ》します。

「おはようございます」

「おう、来たのかい」

古本が三度の飯より好きだという元刑事の茅野さん。現役のときもお休みの度に我が家に来ていましたけど、定年で引退してからはさらに足しげく通ってくれます。今日も白い麻の半袖《はんそで》シャツにクリーム色のコットンパンツ、サスペンダーは渋い紺色に革紐《かわひも》をあしらっています。帽子は年季が入って飴色《あめいろ》になったストローハットですね。相変わらずお洒落な格好です。

「いらっしゃいませ」

「やぁすずみさん」

「茅野さん、アイスコーヒーですか？」

「あぁお願いします。今日は朝から蒸しますね」

すずみさんがカフェに向かっていきました。帳場の前に置いてある丸椅子《まるいす》に座り、茅野さんが白いハンカチで汗を拭《ふ》きます。

「かみさんの具合はどうだい」

「いやもうすっかり元気ですよ。今日も友達と社交ダンスだと朝から出かけていきました」

お元気なのは良いことですね。

「それで亭主は朝から古本三昧《ざんまい》かい」

勘一が笑うと、いや実は、と茅野さんが言います。

「それもあるんですが、後から見舞いに行こうと思いましてね」

「ご記憶ですか、私の上司だった橋田《はしだ》さんなんですが」

おう、と勘一が頷きます。

「忘れるわけねぇやな。藤島の野郎のことではすっかり世話になっちまった」

そうでしたね。二十年近く前、藤島さんのお姉さんの心中事件は現役だった頃の橋田さんと茅野さんが担当したんですよ。その件が蒸し返されたのは何年前でしたか、お二人にはお世話になりました。

「身体を壊して、入院してしまいまして」

「どこが悪いんでぇ」

「膵臓《すいぞう》らしいですね。本人曰《いわ》くもう長くないとか」

むう、と勘一が顔を顰めます。それでも橋田さんは確か勘一より年下ですよね。茅野さん、にこりと微笑《ほほえ》みます。

「まぁしょうがないですね。この年になると実感しますよ。年寄りが我儘《わがまま》になるのは、いつおさらばしてもいいように好き勝手やるからですね」

「ちげぇねぇな」

二人で笑います。我儘は言わない方がいいのですが、気持ちはわかりますね。

「ご主人もどうぞ身体には気をつけて」

「なぁに」

勘一はからからと笑います。

「俺は曾孫《ひまご》の花嫁姿を見るまで死なねぇって決めてるんでな」

「じいちゃん」

紺が顔を出しました。

「茅野さん、いらっしゃい」

「あぁどうも」

「そろそろ書庫の虫干しの準備をするよ」

「おう、そうか」

梅雨も明けて盛夏になる前がいちばんですから、ちょうど良い時期ですね。勘一が文《ふ》机《づくえ》の引き出しから古い帳面を出します。

「頼むぜ」

「あいよ」

この帳面には我が家の書庫である庭の土蔵に所蔵される全てのものが、どのように整理されているかが書き記されていますよ。もちろん、パソコンのデータにもなっているのですが、蔵の中に持ち運んであれこれ検討するのには帳面の方が便利です。落としても壊れませんしね。

何せ明治からのものが山ほど残されていますから、虫干しをするといってもいっぺんにできるものではありません。毎年、今年はこのジャンルにしようなどと決めて、晴れた日に一冊一冊広げて陰干しをするのです。

「虫干しですか。そりゃあいいですね」

茅野さんの眼が輝きました。

「手伝わせてもらっていいでしょうかね」

「あんたもよっぽど変わり者だ」

ただ古本を出して並べるだけなんですけどね。勘一が笑って白手袋を貸してあげました。本に手の脂をつけないためと、指を保護するための必需品です。

庭の蔵の前には青とマードックさんが待っていました。既に庭にはシートの上に簀《す》の子《こ》、その上に白布、さらに陽《ひ》が直接当たらないようにタープを張ってと準備万端ですね。

毎年の作業ですが、これを始めると猫たちが皆寄ってきて、簀の子の上に寝そべります。日陰になってしかも簀の子ですからひんやりと気持ちが良いのでしょうね。

＊

午後になりました。陽射しはますます強くなって、本当に今日は真夏のような暑さになってきまして、お昼ご飯はさっぱりとお蕎麦《そば》で済ませようということになりました。

かずみちゃんが外出していましたので、藍子とすずみさんが台所で準備をしています。庭で虫干しを手伝ってもらった茅野さんにも食べていってもらいましょうね。

庭では、敷き詰めたシートの上でかんなちゃん鈴花ちゃんが積み木で遊んでいます。もちろん、古本を傷つけたりしないようにきちんと紺と青が見ていますし、さすが古本屋の娘といったところでしょうか。なんでも振り回してしまう年頃なのに、二人とも本だけはとても大事に扱うのですよ。

「こんにちは」

庭に、軽やかな女性の声が響きましたよ。さて、どなたでしょう。裏の玄関脇から庭に入る道のところに、涼やかなノースリーブのワンピース姿のきれいな女性が立っていました。女優の折原美世《おりはらみよ》さんじゃありませんか。

「あぁ、いらっしゃい」

紺が微笑み、皆がそちらを見て同じように笑みを見せました。二時間ほど前でしたかね。亜美さんの弟の修平《しゅうへい》さんからちょっと顔を出すと電話がありましたよ。

「お庭の方に失礼していいですか？」

「どうぞどうぞ」

その後ろには修平さんの姿もありました。晴れて公認のカップルとなった二人です。女優としては折原美世という芸名ですが、普段会うときには折原さんではなく、本名の佳奈《かな》さんと呼ぼうと我が家では決めてます。

「虫干し？」

修平さんが訊《き》きます。そういえば以前に手伝ってもらいましたね。その修平さん、隠していた恋を公にして気持ちが晴れたのでしょうね。なんですかすっかり明るくなって、ファッションもさっぱりしているような気がしますよ。マードックさんが「こいは、いだいです」と感心していました。

「青さん」

佳奈さんが言います。

「今日はもう一人、お客様を連れてきたんですけど」

「俺に？」

佳奈さんがこくんと頷き、玄関脇の方を示します。あらもうお一方いらっしゃったのですね。どなたでしょうか、中年の男性ですが。

白いTシャツに黒い麻のジャケット。頭は、あれは剃《そ》っているのでしょうか、夏の陽射しによく光っています。青を見て驚き、笑顔になられて手を大きく振りました。

「青！」

「え？　監督？」

青も驚いた顔をしました。監督さん？　あら、ひょっとしたら映画監督の穴崎《あなざき》さんですか？


さぁさぁどうぞ、とそのまま縁側から居間に上がっていただきました。

「ご無沙汰《ぶさた》しておりました。その節は、大変お世話になりました」

穴崎監督、手をついて勘一に挨拶します。

「いやこちらこそ、ガキの頃とはいえ、青がいろいろ迷惑を掛けちまって」

「いやもうとんでもない。あれは本当に思い出に残る映画になりました」

何はともあれ、交代でお昼ご飯です。穴崎監督と修平さんと佳奈さんも座卓についてもらいました。かんなちゃん鈴花ちゃんは台所のテーブルで、マードックさんとすずみさんと一緒にご飯です。

「なんですか、我南人さんはワールドツアーに出られているとかで」

そういえば穴崎監督も我南人のファンとか言っていましたね。

「大したこっちゃねぇと思いますよ。所詮《しょせん》は前座ですからな」

「いやそれでも大したものですよ」

佳奈さんも頷いています。あれですね、久しぶりに佳奈さんと修平さんが並んでいるのを見ましたけど、随分と風情《ふぜい》が良くなりました。お似合いのカップルですね。

「佳奈ちゃんはその後どうだい。マスコミに追いかけられたりしてねぇのか」

蕎麦をたぐりながら勘一が訊きました。

「大丈夫です。何もかも公表したので、かえって好意的なぐらいです」

「そりゃ良かった。あとはあれだな、いつ結婚するかだな」

勘一がそう言うと、二人で顔を見合わせ微笑みます。別に急がなくてもいいですよ。まだ二人とも若いんですから。

「しかし今度の佳奈ちゃんの映画の監督が穴崎さんとはね」

「いやこれも縁かと思いましたね。聞けばあの話題になった佳奈ちゃんの彼氏が堀田さんの縁者で、ごく親しいというのですから」

勘一と監督が笑い合います。縁といえば本当に縁ですよね。佳奈さんのお姉さんは紺の同級生でしたし。

「もう、十五、六年も前になっちゃったなぁ」

穴崎監督は青を見て笑顔で言います。そんなになりますか。青がまだ中学生の頃ですよね。一応有名人でもある我南人の息子にとびきりの美少年がいると評判になって、誘われて映画に出たのです。テストをしたところその演技力に驚かれて主役に抜擢《ばってき》されたのです。

結局青は興味をなくしてそれっきりになってしまいましたが、そのときの監督さんが穴崎さんでした。あれが監督になって第一作でしたね。

「しかし、青ちゃん」

穴崎監督、何か感慨深げに青を見て言います。

「かなりいい男になったねぇ」

「褒めても何も出ませんよ」

皆が笑います。穴崎監督、何故かうんうん、と大きく納得したように頷いています。

「それで、堀田さん」

「おう」

箸を置いて、穴崎監督が勘一を見ます。

「今回お伺いしたのは、何も懐かしくて来ただけじゃないんです」

「ってえと？」

「折原さんを主役にして撮る今度の映画なんですが、まだキャスティングの段階なんです」

ふむ、と勘一は頷きます。

「そして、タイトルは〈古書店オーガスタ〉というんです」

「古書店？」

勘一と青が続けて訊きます。古書店が舞台なのですか？　勘一は早くも嫌な予感がしたのでしょうね。顔を顰めました。

「真剣にやりゃ、いい作品になるな」

……


「穴崎さんよ」

「はい」

「せっかく来たんだ。久しぶりだしな。話だけは聞いてやるよ」

ありがとうございます！　と監督、言葉に力を入れました。そういえばこの方は真剣になればなるほどやたらと力を込める人でしたね。

「原作は、アメリカの小説なんです。古い古い昔からある、それこそ町の人間がいったいこの店がいつからあるのかわからないってぐらいの古書店が舞台でして、そこの主人が美貌《びぼう》の謎《なぞ》の女なんです。もちろん舞台は日本に変えてやるのですが」

「それが、佳奈ちゃんってわけかい」

そうです！　と穴崎さん頷きます。

「この古書店の女主人、若い癖にやたらと知識豊富でしてね。さらに人脈もとんでもないものを持っているという設定です。そして女主人に悩みを相談する人の問題をミステリアスな方法で解決してやるというのが、大まかな筋なんですよ！」

「面白そうじゃねぇか。知ってるか？」

蕎麦を食べながら聞いていた紺に言うと、頷きます。

「面白かったよ。それほど話題にはならなかったけど、ミステリアスな部分と推理のバランスが良くて通受けして。確かもう十年ぐらい前の本ですよね」

「そうなんです。それでですね、その女主人には謎の相棒がいまして、これがまた妖《あや》しいほどに見目麗しい男なのですよ。実はその正体は人間ではないのですが」

「ほう」

「その男を、青ちゃんにやってほしいのですが」

「俺？」

あ？　と勘一が口を開けました。

「なんだよ、そっちかよ」

安心したように勘一は笑います。

「てぇことは何か。古書店を舞台にしてやる映画ってことで、青を思い出したわけだ」

「そうなんです」

監督は青を見ました。

「まだ子供でしたが、青ちゃんの演技には光るものがありました。これは絶対に凄《すご》い役者になると俺は確信したんですけどね。残念ながら」

「青はさっさと辞めちまったしな」

「惜しいなと心底思いましたよ。でも」

今回は、と、監督は力を入れます。

「絶対に凄い映画になると思うんです。青ちゃんの身体に流れる代々続く古本屋の血筋が、正に映画に凄い息吹《いぶき》を吹きこんでくれると！」

「いや、監督」

青が慌てます。

「そこまで買われても困るし、そもそも俺はまた役者をやるなんて一言も」

「頼む！」

監督さん、手をついて頭を下げましたよ。

「いや、穴崎監督！」

青が慌てるのを、勘一も紺も微妙な表情で見ています。これぱっかりは口出ししようがないですよね。青が決めることなんですから。

「今日は実は半信半疑だったんだ。まぁ久しぶりに会うだけでもいいかと思ってやってきたんだが、実際に会ってその佇《たたず》まいを見て確信した。絶対、いい役者になる！　もう一度、役者をやってみないか！」

「いやぁ」

青が救いを求めるように佳奈さんを見ましたが、佳奈さんも少し困った顔をして小首を傾《かし》げます。

「私は、何にも言えませんけど、でも」

佳奈さん、にこっと笑います。あぁその表情には華がありますね。わたしはもちろん門外漢ですが、一流と言われる方には必ずそういうものを感じますよ。

「青さんが出た一本だけの映画を観ましたけど、おもしろかったです。そして、青さんの演技も素晴らしいと感じました」

だから、と続けます。

「穴崎監督に一緒に来てくれと言われて、ついてきたんです」

そういえばあの修平さんとのごたごたのとき、ほんの一瞬ですけど佳奈さんは青と演技を交わしましたよね。そういう才のある者同士はわかるものなのでしょう。

「あ、もちろん」

穴崎監督、ここで皆を見回しました。

「まぁ俺が気を使うことではないんですけどね、その女主人と相棒の間に恋愛関係はまったくないです。むしろ協力し合っているのに憎み合ってるという関係で、その辺もストーリーの肝なのです。なのでラブシーンとかそういうシーンはないのでご安心を」

修平さんは苦笑いして頷きます。女優さんを自分の彼女にしたのですから、そういうことは覚悟していますよね。さすがに青とそういう演技をするとなると、多少はやきもきするかもしれませんが。

青は、ふう、と大きく息を吐きます。

「困ったなぁ」

「困るということは！」

監督さんががばっと身体を起こします。

「やってもいいって気があるってことだな！」

そうなのですかね。青はこれではっきりした気性の男ですから、悩むということは確かにその気はあるのかもしれません。

「やるか？　俺も紺も別に止めやしねぇぜ」

勘一が言うと、紺も笑顔で頷きます。

「留守は守るよ」

「まぁちょっと考えさせてもらおうかな」

「そうか！」

穴崎監督、もうＯＫをもらったような勢いの笑顔ですね。青の手を握って思いっきり力を込めた握手をします。青はもう苦笑いするしかないですね。

「だからまだやるって決めてませんって」

「それで、堀田さん！」

監督さん、聞いてませんね。

「なんでぇ」

「もしですよ。もし、青くんが引き受けてくれたのなら、お願いがあるんです」

今度こそ、勘一の顔が引き攣《つ》りましたね。

「こちらのお店を、撮影に貸してほしいのです！〈古書店オーガスタ〉にしたいんです！」

いつもならここで、馬鹿野郎！という大きな声が飛ぶところですが、佳奈さんがいたからですね。勘一はぐっ、とこらえて言いました。

「そいつはな、監督さんよ」

「はい！」

「俺の眼の黒いうちは絶対にさせねぇ」

＊

皆がそれぞれお昼ご飯を食べ終わり、かんなちゃん鈴花ちゃんもお母さんと一緒にお昼寝です。二人のお蔭《かげ》でいつも活気に満ちた家の中が、ほんのひととき、静かになる時間帯ですね。

カフェの混み具合というのはまったく日によって違って読めないのですが、今日はこの時間、お客様も少なくのんびりとした気配が漂っています。

「青ちゃん、役者やるの？」

藍子です。居間に休憩にやってきて青から話を聞いて驚いています。勘一が仏頂面をしていますよ。

「青がやるのは勝手だけどよ。店を撮影に使わせるのだけはごめんだぞ」

「わかってるよ」

青が言います。勘一のマスコミ嫌いは筋金入りですよね。いえ、ドラマやニュースを観たりはするのですよ。そういう嫌いではなく、お店にテレビや新聞などの取材が入るのだけはとにかく嫌がるのです。ましてや映画の撮影に使うなどとは。

それもこれも、我が家の蔵に眠る様々な書物のためと、今は皆がわかっていますけどね。世間様に広く知られるのは商売としては非常に有り難いことなのですが、あまり知られすぎても困るものが我が家にはあるのです。

「青ちゃん」

「うん?」

「本当にやりたいの? 役者」

藍子が優しく青に訊きます。

「うーん」

小さい頃、藍子は青のことを本当に可愛がっていましたよね。自分が青の面倒を見るんだと言って、学校から駆け足で帰ってくることもよくありました。

「今朝も言ってたわよね。添乗員の仕事をまた始めるかもしれないって」

「おう」

勘一が、ぽん！　と手を打ちました。

「すっかり忘れてたぜ。そんなこと言ってたじゃねぇか」

「うん、でも」

青が煙草《たばこ》に手を伸ばしました。いろいろ考えている証拠ですね。今は子供たちは誰も居間にいませんから大丈夫でしょう。火を点《つ》けて、ふぅ、と煙を流します。

「じいちゃん」

「おう」

「旅行添乗員よりさ、役者の方が儲《もう》かるんだよね」

勘一が口を窄《すぼ》めました。

「それも、何十倍もさ」

「まぁ、そうさな」

藍子も小さく頷きました。

「もちろん、やりたくないってわけじゃないよ。嫌いなのに自分を押し殺してどうのこうのっていうのはないよ。俺はそんな殊勝な心がけの男じゃないからね。役者の世界に興味がないわけじゃない」

そうでしょうね。

「花陽の学費を稼ぐために働くのなら、添乗員より役者の方がずっと割がいいんだよ。それにさ、じいちゃん」

「おう」

「店を貸すのを嫌がる気持ちもわかるし、必要なことだとは思うけどさ。もし、もしだよ？　この家を撮影場所に貸せばさ、撮影協力費や使用料としてけっこうな金額を貰《もら》えるんだよね。穴崎監督の話ではかなり大手がスポンサーに入っているから製作費もそれなりにあるみたいだし」

うーむ、と勘一が唸《うな》って腕を組みました。

「さすがに素人《しろうと》の俺が一本映画に出たぐらいのギャラじゃあ、仮に花陽が私立の医大に行ったときの学費は賄《まかな》えないけどさ。一緒にこの店を貸し出せば使用料や休業補償、それに当然だけど古本屋が舞台ってことは、ここの本なんかも全て小道具として貸し出せるわけだから、その分の使用料も貰える」

「ついでにあれだろ？　映画になって仮に評判になりゃあロケ地ってことで、出演俳優さんたちのファンがやってくる。そうなりゃ古本の売り上げはともかくも、カフェの方には人が入るってことだろ」

仮にも我南人という芸能人を息子に持つ親ですからね。その辺の事情には詳しいですよね。

「その通り。素人の俺は別として、佳奈ちゃんや他の出演者たちは人気者ばかりだからね」

「確かにそうだわなぁ」

くい、と顔を横に向けて古本屋の方を見ました。

「今のまんまじゃあ、子供たちの学費もままならねぇか。花陽ばっかりじゃねぇ、研人もかんなちゃんも鈴花ちゃんもいるしな」

花陽の母親である藍子が苦笑いします。

「マードックさんも頑張ってくれているけれど」

「おうよ」

それはもちろん承知しています。あれでマードックさんは世間様にそれなりに知られた画家さんですよ。版画やイラストもこなしていますので、親子三人が普通に暮らしていく分には何の問題もありませんが。

「この際だ、皆の将来のために一肌脱ぐってのもありか」

勘一が仏間の写真を見ました。

「親父や祖父《じい》さんも許してくれるだろうよ」

藍子が微笑んで頷きました。

「そうと決まればさ、じいちゃん」

ょうか。

「藤島さんに相談しないと」

藤島？　と勘一が不思議そうな顔をします。さて、藤島さんに何の相談をするんでし

ょうか。

二

日曜日、我南人がパリから帰ってきました。

「暑いねぇえ」

確かに暑いのですが、六十を過ぎているのに真っ赤なTシャツに黄色のアロハ、短パンにビーチサンダルというその格好は何なのでしょう。それでパリから帰ってきたのですか。

学校もお休みですので花陽も研人も家にいて待っていました。皆にお土産だといって、随分と珍妙なものをたくさん買ってきましたよ。なんでもパリの骨董市《こっとういち》で珍しいものをたくさん見つけたとかで、豚の形をした本棚とか第二次世界大戦中に使われた軍隊のバケツですとか昔のフランスの学校で使われていた鉛筆削りですとか。相変わらずこの男のセンスはわかりません。

「店に置いて売るといいねぇ」

「古本屋が骨董屋になってどうすんだよ」

古物商の免許がありますから、そういったものを売ることももちろんできますけど。

「かんなちゃん鈴花ちゃんにはぁ、こんなの買ってきたねぇ」

ぬいぐるみですね。これは随分可愛いものです。

「タンタンね。こんなぬいぐるみがあったんだねぇ」

かずみちゃんが言います。可愛い白いワンちゃんやライオンですよ。タンタンと言えば有名なベルギーの漫画ですよね。タンタンという少年といつも一緒にいる白い犬の愉快な物語。日本でも随分昔から人気がありますよ。古本も我が家に置いてあります。

「日本では売ってないって言ってたよぉ」

かんなちゃん鈴花ちゃんは大喜びしています。さっそく犬のアキとサチに、犬のぬいぐるみをけしかけていますが、アキとサチは困惑しています。それから知り合いのファッションデザイナーから貰ったというTシャツやブラウス、ジーンズなどという女性向けのお土産は大層女性陣が喜んでいましたよ。お店で買えば馬鹿にならない金額がするとか。女子供というか、そういうところは外さないのですから如才ない男です。

午後の五時を回っていました。そろそろ晩ご飯の準備をしなければならないと、かずみちゃんとすずみさんが出かけていきます。今夜は久しぶりに帰ってきた我南人だけではなく、藤島さんも呼んでいますから少しだけ贅沢な食卓になるはずです。

「あぁ、やっぱり家はいいねぇ」

ごろん、と仏間に横たわる我南人にかんなちゃん鈴花ちゃんが寄って行きます。我南人が頭をぐるぐる振って長髪を二人の顔にまとわりつかせると、きゃあきゃあ言って喜びます。

ふらふらしている男ですが、さすがに六十を越えれば外より家が良くなってきますかね。

「それでさ、親父」

紺が話しかけます。

「なぁにぃ」

「向こうで、風一郎さんの噂《うわさ》はなんか聞いた？」

「フーイチローぉ？　いいやぁ、なんにも聞かないよぉ」

そうか、と紺は頷いて、ポケットから何か取り出しました。iPodとかいう音楽を聴くものです。わたしはウォークマンが出て来たときにはこんなに世の中は進んでいくのかと驚いたものですが、近頃はますます変わっていきますね。このiPodなるものは、もっと小さいものを花陽も研人も持っていますよ。

紺が何かを操作して、小さなスピーカーに繋ぎます。

「これ、聴いてみて」

スピーカーから流れてきたのは、風一郎さんの歌う〈ホームタウン〉です。わたしは音楽に詳しくないわけではありませんよ。素朴なメロディに、カントリー調でありながらラテンロックのようなアレンジがしてありますね。素直に良い曲だと思います。

我南人が少し眉間《みけん》に皺《しわ》を寄せました。本当にこの男は音楽に関《かか》わるときだけは、身に纏《まと》うものが変わります。やはりプロなのでしょうね。真剣に音に耳を傾けているのがよくわかります。

全部聴き終わったところで、紺が操作して切りました。

「風一郎さんの新曲なんだ。一ヶ月ぐらい前に出てすごくヒットしている」

「ふぅうん」

我南人がiPodを持って、ジャケットが映された画面を見ています。

「これ、親父の曲だよね？　花陽が着メロにしてもらったって言ってた曲とまるっきり同じなんだけど」

「うーん」

口をへの字にして天井を見上げ、我南人は考え込みます。

「フーイチロー、あれから家に来たぁ？」

「来てないよ」

またうーん、と唸ります。

「そっかぁ、オッケーぇ。わかったよぉ」

「これ、盗作だよね？」

紺が訊いても我南人は首を捻《ひね》るだけで何も言いません。こういうときは本当に何も言いませんね。紺もわかったようです。

「じゃあ、俺たちは何もしない方がいいんだね？」

にこりと我南人が紺に微笑みます。

「いいよぉ。しばらく日本にいるからぁ、フーイチローにも会ってくるねぇ」

何といっても、音楽の上では師弟と言ってもいい二人です。任せるのがいちばんでしょう。

夜になりました。

暑い暑いと言ってさっぱりしたものばかり食べていると身体がまいってしまいます。少しスタミナのつくものを食べましょうと、女性陣が台所で忙しくしています。

店もそろそろ閉めようという時分、いいタイミングで藤島さんがやってきました。あぁ外出していたマードックさんも一緒ですか。どこかで会ったのでしょうね。

「お邪魔します」

「よぉ」

わざわざ済まんな、と勘一が帳場で手を上げました。

「もうちょいで料理もできるだろうから、本でも見ててくれや」

「そのつもりです」

二人で笑います。

「ぼく、てつだってきますね」

「おう」

マードックさんが家の中に入って行くのと同時に、声を聞きつけたのでしょう。我が家のお姫さま二人が走って出て来ました。

「ふしまさん！」

「あぁ、かんなちゃん、鈴花ちゃん」

二人ともちゃんと頭を下げて、手を前に出してご挨拶します。

「はい、お土産ですよ」

あらすみませんいつもいつも。二人がそれぞれに持てるように小さな紙袋に入っています。お菓子でしょうかね。

「ちゃんとお母さんに見せてからね」

藤島さんが言うと二人とも跳びはねるようにして部屋に戻っていきました。藤島さん、以前から思っていましたが子供好きですよね。研人が小さい頃は本気で遊んでくれましたし。

「その後どうだい、会社の方は」

ええ、と頷きながら藤島さん、丸椅子に腰を下ろします。藤島さんの新しい会社〈FJ〉ですね。

「なんとかやってますよ。少人数ですから小回りも利くし。相変わらずばたばた動いています」

「三鷹と永坂さんの方はどうだい。会社じゃなくて夫婦仲の方は」

藤島さん、あぁと笑います。

「まぁもう長い付き合いですからね。今更どうこうって感じじゃないですけど、うまくやっているみたいですよ」

「おめぇもよ、いつまでも独身貴族気取ってんじゃねぇぞ。実はゲイでしたってんなら話は別だけどな」

「そんなことはないですって」

三鷹さんが言ってましたけど藤島さん、これでかなり女性の好みはうるさいみたいですよ。まぁ結婚ばかりが幸せの形ではありませんしね。

晩ご飯の支度ができました。

今夜はどうやら中華風にまとめたようです。辛いもので汗を掻《か》いて元気になろうということですね。

麻婆豆腐《マーボーどうふ》に豚肉とカボチャのピリ辛炒《いた》め、その辛そうな汁ものはどうやらキムチのスープです。オクラと葱《ねぎ》のサラダに、とろろと麦ご飯ですか。かんなちゃん鈴花ちゃんに辛いものは駄目なので、お豆腐のハンバーグと野菜たっぷりのクリームシチューが用意されています。

「あぁ、藤島くぅん、久しぶりだねぇえ」

さっさとお風呂に入ってきた我南人が、どっかと座り込んで藤島さんに話しかけます。

「ご無沙汰しています」

二階から研人と花陽が降りてきました。それぞれが自分の場所に座りますが、かんなちゃんと鈴花ちゃんが何故か藤島さんの隣に座りたがっていますね。この子たちも花陽と同じで面食いなのでしょうか。

開け放った縁側から夏の夜気が流れ込んできて、虫の声も聞こえてきます。アキとサチがいつものように伏せをして自分たちのご飯を待っています。全員揃ったところで「いただきます」です。

「それでよ、藤島」

「はい」

「わざわざ来てもらったのは、ほかでもねぇんだ。ちょいと頼みがあってな」

藤島さん、ちょっと驚いた顔をします。

「僕にですか」

「実はな、今度ここで映画を撮ることになってよ」

「映画ですか？」

そこで青が説明しました。古本屋を舞台にした映画であること、昔お世話になった監督さんに頼まれたこと、青も役者として出ることなど。花陽や研人はここで初めて聞かされましたよ。

「すげぇ！」

「青ちゃんやった！」

花陽は大喜びですね。小さい頃から青は俳優になった方がいいと言ってましたものね。

「それは、随分思い切りましたね」

藤島さんが言います。

「堀田さん、取材も一切断っているのに何故また」

「まぁよ、いろいろあってな」

そこで勘一がほんの少し目配せします。藤島さんが微《かす》かに眼を細めて勘一を見てから、紺を見ましたよ。紺もちょっと含んだような表情を見せました。もう長い付き合いですから、細かいことは後ほど、というニュアンスを感じ取ったのでしょう。藤島さんも頷きました。

「それでよ。撮影の期間はまぁ三週間ほどってことなんだがよ。その間、カフェも古本屋も閉じるんだ。映画のスタッフがやたらとやってくるんだけどよ」

「あぁ」

藤島さん、カボチャを口にしながらうん、と頷きました。

「その間の皆さんの部屋ですね？　さすがに撮影中はこの家にいられないので〈藤島ハウス〉に」

「そういうこった」

荷物はそのまま置いておけますが、住んでいる家で撮影するわけですから、皆の居場所がなくなってしまいます。むろん、その間どこかの部屋を借りることになりますが、隣の〈藤島ハウス〉を借りられれば便利ですよね。

「それは全然問題ないですよ。部屋は空いているわけですから、どうぞ使ってください」

「済まねぇな。その間の家賃は映画会社に払わせるからよ」

研人や花陽が何か考えていますね。

「ってことは、花陽ちゃんは藍ちゃんの部屋でいいとしてさ」

「じゃあぁ、僕の部屋もあるのかなぁ」

「おめぇはどうせ外国行ってんだからいいだろ」

「勘一は私の部屋で寝なさいよ。あんたの鼾《いびき》には小さい頃から慣れてるから」

「どうせ使っていないから、あそこの僕の部屋も提供しますよ。それでなんとかなるんじゃないですか？」

皆、狭いのは慣れていますからね。

「あ、俺たちはここにいるからね」

青とすずみさんと鈴花ちゃんの部屋は離れですからね。撮影には関係ないので大丈夫でしょう。青は映画にも出るのですからちょうど良かったですね。

「猫と犬は？」

「そのままでいいってさ。原作にも出てくるから」

「その映画ぁ、僕が音楽監督とかできないかなぁ」

「だからおめぇはツアーで日本にいねぇだろうって。何贅沢言ってんだよ」

勘一が怒ってますけど、あれでも我南人の身体を心配しているんですよ。ただでさえ手術をした身体で、忙しいワールドツアーで行ったり来たりですからね。この上また仕事は無理でしょう。

食事が終わった後、男性陣は〈はる〉さんで軽く一杯という話になったようです。

帰ってきたばかりの我南人は勘一にさっさと寝ろと言われて素直に頷いていました。やはり疲れているんでしょう。あれでも還暦を過ぎた老人ですから。

勘一に藤島さん、紺に青にマードックさんがカウンターに並んでいます。

「なんだか、男同士で揃うの久しぶりね」

真奈美さんがおしぼりを手渡しながら言いました。

「そうかもね」

「ビールでいい？」

かんなちゃん鈴花ちゃんが産まれてからはどうしても子供中心の生活になっていますからね。紺も青もお父さんですから、お母さんに何もかも任せて一杯やるということも少なくなっています。

「はい、夏野菜春巻きにチリパウダーを使ってみました」

コウさんがカウンター越しにお通しを配ります。チリパウダーとは斬新《ざんしん》ですね。コウさんは和食の板前さんなのにどんどん新しいものを作ってくれます。

「おいしそうですね。ぼく、はるまきだいすきです」

「それで、堀田さん」

「おう」

藤島さんが訊きます。

「あんなに取材とかを嫌がっていたのに店を貸すというのは」

「恥ずかしながら金のためよ」

勘一が苦笑いします。

「花陽がな、医者になりたいって言い出してよ」

「お医者様に」

藤島さんが少し驚いてから、微笑みました。

「いいことですね。中学生のうちから目標が見つかるっていうのは」

紺を見て言います。

「我が姪《めい》っ子ながら、しっかりしてるよ」

「ここ最近、本当にしっかりしてきたよね。前はけっこうわがままなところもある女の子だったのに」

目標がはっきりと見えたからでしょうね。どんな子供でも自分の目標を見つけられればしっかりしてくるものです。

「かよちゃん、いってました。うちは、としよりばっかりになるから、びょうきになったときに、めんどうみなきゃって」

あら、そんなことを言ってたのですか花陽は。勘一が笑います。

「確かになぁ、花陽が大人になる頃には年寄りばっかりだ」

「そうだったんですか。それで」

「我南人の野郎はまた大ヒットを出せばいいとかほざいていたけどよ。そういうものをあてにもしていられねぇしな」

「でも、あれだよじいちゃん」

青です。

「いざ撮影が始まってから怒らないでよ？　現場ではいろいろあるんだからさ」

「なんでぇいろいろって」

「たとえば、何かものを動かしたりさ。じいちゃんは店の中は絶対いじるなって言ってたけどそりゃ無理ってものだよ。いろんな機材も置かなきゃならないんだから」

勘一は仏頂面をします。

「我慢できることとできねぇことがあるけどよ。まぁ努力はするさ」

どうでしょうね。わたしも心配ですよ。他のことならいざ知らず古本屋のこととなると一層頑固に意固地になりますからね。

「はい、いい鯛《たい》が入ったので炊いた筍《たけのこ》と寄せてみました。量は少しですけど、後で鯛飯を出しますので」

コウさんの料理がいいタイミングで出て来ます。美味しそうですね。

「そういえばさ、藤島さん」

青です。

「あれから凪一郎さんから何か言ってきた？」

「安藤さんから？　いや、特には」

そうか、と青が言います。

「何かありましたか？　また酔っぱらって何かしたとか」

藤島さんが勘一に訊きます。皆で顔を見合わせました。

「知らせておいた方がいいんじゃないかな。一応、所属事務所のトップなわけだし」

「そうさな」

そうですね。我南人や凪一郎さんの所属する音楽事務所は系列会社になりますけど、本当に盗作問題になったとしたら、最終的には藤島さんにも話が行くのでしょうから。

「あのね」

青が説明しました。藤島さんは眉をハの字に顰《ひそ》めました。

「あの曲が」

口に手を当てて、うーん、と唸ります。

「それは、大変な問題ですね」

「まだ決まったわけじゃねぇぞ」

「はい」

「そんなに大きな問題になるのかな」

青が訊くと藤島さんは頷きました。

「風一郎さんは急に露出が増えてますし、あの曲自体がものすごく売れているんですよ。はっきり言って今のところ我が社の、あ、音楽事務所のですね、稼ぎ頭になってます。それに著作権の問題は今すごくあちこちで敏感になってますし」

それから、と、藤島さんちょっと言い淀《よど》みました。

「他にも風一郎さんには問題がいろいろあって」

「なんでぇ。何かやらかしたのか」

勘一を見て、それから皆を見回しました。

「皆さんの口が堅いのはわかってますから言いますけど」

「なになに」

真奈美さんが急に身を乗り出します。好きですものね、芸能人のそういうお話が。

「彼、明らかにアルコール依存症なんです」

「あらー」

真奈美さんが驚きます。勘一も頷きました。

「そんな感じだったな」

「奥さん、佐和子《さわこ》さんというんです。お子さんもいて、名前は春香《はるか》ちゃんです」

あぁ、佐和子さん、そうでした。お子さんまでは知りませんでしたが、ご結婚なさったときにはうちに挨拶に来ましたよ。

「随分詳しいな」

藤島さんがにこっと笑います。

「慎重な性格ですからね。いくら系列会社の音楽事務所とはいえ、うちの会社のために稼いでくれる人たちに感謝するためにもきちんと把握する必要がありますから」

成程《なるほど》な、と勘一は頷きます。

「それで、あまりにも風一郎さんの素行が悪いので、奥さんは子供を連れて家を出たんですが、最近奥さんから警察に通報されたりしたこともあったんですよ。酔っぱらって家に押しかけてきて暴れたって」

あぁ、と皆が揃って顔を顰めました。

「社へ与えるイメージの問題もありますからね。ちょっと確認してみます」

「親父は騒ぐなって言ってたから、あまり大げさには」

紺が言うと、藤島さんが微笑んで頷きました。

「わかりました。我南人さんの動きも含めて、考えてみます」

三

花陽と研人が夏休みに入りました。映画の撮影はいよいよ明日から機材などを持ち込み、始まるようです。

ああいうものは決まるときにはあっさり決まるものなのですね。映画のプロデューサーの方や宣伝を担当する方、俳優のマネージャーの方などなど、本当にたくさんの人がお店にやってきまして、契約やスケジュールの話をしていきましたよ。

もちろん、我が家で話を聞いて何もかもを仕切るのは紺です。そういう実務能力に長《た》けているのは実際のところ男では紺だけですからね。亜美さんすずみさんもそういう方面では実力を発揮しますが、いかんせんお母さんは大変です。子供の世話とお店と家の用事で手一杯ですよね。

〈藤島ハウス〉へは最小限必要な荷物の運び込みを終えました。荷物といっても布団と日用品だけで十分です。撮影していない時間には自由に出入りできるんですから。

「ねぇ、それで葉山にいつ行っていいの？」

朝ご飯を食べながら研人が言います。今日でしばらく皆揃っての朝ご飯は無理になりますね。〈藤島ハウス〉にはこんなに大きい座卓はないですから。

「三週間、仕事ができなくなっちまうんだから、いつでも行けるっちゃあ行けるな」

「おじいちゃん、淑子《よしこ》さんの様子も見てこないと」

藍子が少し心配そうな顔をしました。そうですね。葉山に住む勘一の妹の淑子さん。ここのところ、少しばかり体調が悪いと言って、先月も我が家に来ませんでした。勘一が頷きます。

「そういや我南人はどこ行ったよ。あいつは今度いつツアーに出るんだ？」

「あと、にしゅうかんぐらい、にほんにいますよ。つぎは、Asia の tour ですから」

「お父さん、朝からどこかへ出ていきました」

「勝手に行っていいなら、行けるけど」

研人です。もう中学生ですからね。花陽と二人で電車で行くこともできるでしょう。

「脇坂はまたいつでもいいって言ってますから」

亜美さんが言います。葉山にあります亜美さんのご両親の脇坂さんのご親戚《しんせき》の旅館で、研人と花陽が夏休みを過ごすのもすっかり恒例になりましたよ。今年はかんなちゃん鈴花ちゃんもしっかり海で遊べるでしょうね。脇坂さんも子供たちと過ごせるのを楽しみにしていますよ。

「私はどうしようかなぁ」

そうでした、花陽には塾の夏期講習があります。

「塾は毎日じゃないんだから気晴らしに行ってきたら?」

藍子が言います。

「行ってこい行ってこい。二、三日海で遊んだからってどうにかなるもんじゃねぇだろ」

「そうだね」

「明日の機材搬入が終わって、撮影は明後日からだろ?」

「Café は、まかせといてください」

カフェは営業はしないのですが、スタッフの皆さんのお食事や飲み物を出し、休憩所や準備室にするという契約をしたのです。マードックさんと藍子が全部取り仕切ります。

「まぁ、じゃあ撮影開始の様子も確認してぇからな。明日明後日、と、しあさっての金曜でどうだ」

「おっけー」

葉山に海水浴に向かうのは、花陽に研人に亜美さんすずみさん、それにかんなちゃんに鈴花ちゃん。そして脇坂さんご夫妻ですね。

青はもちろん撮影で、渡された台本をずっと読んでいます。どうやら寡黙《かもく》な男という役どころらしく、台詞《せりふ》はそれほど多くはないので楽だと言ってました。紺は責任者として残り、藍子とマードックさんはカフェの仕事です。

三週間も店を休むことになるなんて、おそらく開業以来でしょうね。お客様に説明する張り紙を、扉の横の窓に貼《は》っているところに、どなたか若い男の方がいらっしゃいましたよ。

「あの」

勘一が振り返ります。一度訝《いぶか》しげな顔をしましたが、すぐに気がついたようですね。

「おお、あんた確か、葉山の」

「龍哉《たつや》です。お久しぶりです」

そうそう、我南人のお仲間のミュージシャンの方ですね。葉山に住む淑子さんのご近所さん。以前に淑子さんを探すときに助けてもらいました。

「その節は世話になって済まんかったね」

「いや、なんでもないですよ」

龍哉さん、相変わらず派手といいますか、ピアスや入れ墨があちこちにありまして、そういうのを嫌う勘一ですが、この方のことは気に入っていましたよ。全体の雰囲気としては荒っぽいのですが、どこか爽《さわ》やかな、さっぱりした印象の方ですね。

こりゃあ珍しいお客さんだと勘一は喜びます。店に入っていただいて、会ったことのある花陽に声を掛けました。

「あ！　こんにちは！」

「こんにちは。花陽ちゃん、だったね？」

「そうです！」

花陽が慌てて家の中に戻っていって、どうしたのかと思えばＣＤを持って戻ってきました。どうやらこの龍哉さんのＣＤですね。

「サインしてもらっていいですか？」

龍哉さん、にこりと微笑みます。勘一がにやにやしながらマジックペンを差し出すと、書き慣れたふうに龍哉さんはサインしてくれます。

「それで、突然どうしたい？　まさか古本買いに来たわけじゃねぇだろ」

そうですね、と頷きました。

「同居人は狂喜乱舞すると思うんですけど、俺はあんまり本は読まないですね」

勘一が椅子を勧めて龍哉さんは座ります。花陽は隣のカフェに向かって藍子に何か言ってますね。アイスコーヒーでもお出しするのでしょう。

「実は、藤島さんに言われて」

「藤島？」

あら、ご存知なのですか。

「知ってるのかい」

「俺も我南人さんと同じ事務所なんですよ。誘われて、去年だったかな？　移籍したんです」

「おう、そうだったのかい」

それで、これなんですけどねと龍哉さん、肩に掛けていた鞄からＣＤを取り出しました。あら、それは風一郎さんのＣＤではありませんか。あの〈ホームタウン〉という曲のですね。

「この件で伺ったんです」

「この件？」

「実はこの曲、プロデュースやアレンジは俺がやったんですよ」

ほう、と勘一が呟きます。

「そりゃあ大したもんだな。随分といい曲に仕上がってると思ってたんだが」

「どうも、嬉しいです。それで、盗作って話を藤島さんから聞いたんですけどね」

ちょっと待ってくれと紺を呼びました。こみ入った話ですと、一緒に聞いてもらった方がいいですからね。

紺がやってきて挨拶します。龍哉さんにやりと笑いました。

「我南人さんによく似てますね」

「そうですか？」

紺が不思議がります。あまり言われたことないですよね。どちらかといえば秋実さん似の紺ですが。

「眼の輝きがそっくりですよ」

「嬉しいんだか悲しいんだかわかんねぇよな」

三人で笑いました。

「それで、俺はもちろん我南人さんのファンで、デビューアルバムからずっと追っかけてきました。全部のアルバムを持ってますし、何度か一緒に仕事させてもらったこともあります。だから」

一度言葉を切ってにっこり笑います。笑顔も爽やかですよね。

「同じ商売なんで、我南人さんの曲想とかメロディラインの癖とか、そういうものはプロとしてわかってるつもりなんですよ」

「なるほど」

「なので、断言できると思うんです。この〈ホームタウン〉は我南人さんの曲じゃないですよってのが、アレンジャーとしての俺の結論なんです」

勘一と紺が、難しい顔をして考え込みます。

「もし、本当にこれが我南人さんの作った曲なら、我南人さんはあの年になってまたミュージシャンとして進化したことになる」

進化ですか。

「それならそれでめちゃ凄いことなんだけど」

「普通なら有り得ないってことですね」

「そうです」

成程、と勘一も紺も頷きました。

「でも、間違いなく、風一郎さんが発表する前に我南人さんは新曲だと言って、この曲が堀田さんの家にあったんですよね。そして、風一郎さんがデータを盗んだと思われてもしょうがない状況ができあがっていた」

そうですね、それはもう間違いないです。

「それでまぁ、これは偶然なんですけどね。今度の土曜日、江ノ島でけっこう大きなライブがあってそこに風一郎さんも出るんです。俺は助っ人で風一郎さんのバックをやるんで、前の日に葉山の俺の家でリハをしようってことになってて」

「あんたの家？」

「家にスタジオがあるんです。古い家だけど広さだけはあるんで」

そういえば別荘として造られた家に住んでいるとおっしゃっていましたよ。

「今話したことを全部、俺、我南人さんにメールしておきました。我南人さん、そろそろアジアツアーで帰ってくるでしょ？　間に合えばそのときに来てくれって。本人同士ではっきりさせた方がいいだろうから。風一郎さんには内緒にしておきますからって」

あら。勘一と紺が顔を見合わせました。

「そいつぁ手間掛けて申し訳なかったな。あれだ、我南人の野郎はもう帰ってきてるからよ」

「え？　そうなんですか？」

「今は外出中なんですけどね」

しっかり伝えておきますと、紺が龍哉さんに言いました。

念のために我南人の携帯電話に電話してみたのですが、案の定出やしません。あの男は電話に出たためしがないんですよ。なんのために持たせたのかわかりませんよ。きっと龍哉さんからのメールも読んでいないのでしょう。

わざわざ来てくれて申し訳なかったと龍哉さんを見送って、勘一と紺が店に戻ってきました。

「まぁしかし丁度いいっちゃいいよな」

「そうだね」

土曜日の前の日なら、ちょうど我が家の皆も葉山に行ってますからね。事の次第がどうなったのかをその場で確認することができるでしょう。

「研人がそのライブを観たいって言いそうだな」

紺が言います。

「まぁそれはそれで、いい夏休みになるじゃねぇか。かずみでも一緒に行かせてやれ」

かずみちゃんも音楽は大好きですからね。もうわたしと勘一しか知らないことですが、かずみちゃん、皆が驚くほどに歌が上手《うま》いんですよ。

終戦当時のあの頃、米兵さんの間では大人気になりましたよね。

＊

お天道さまが一段と元気になりまして、朝から暑い一日です。朝ご飯を済ませると早々に皆で後片付けを始めて動き出しました。今日は間もなく映画撮影隊の皆さんがやってきます。それで小さなお引っ越しを始めるのですね。

慌ただしい様子がわかるのでしょう。鈴花ちゃんかんなちゃんも何故かわくわくしたような顔をして走り回っていますよ。荷物運びの邪魔にならないように、マードックさんとかずみちゃんがお目付け役です。

皆で、布団や洗面道具、普段使うような荷物をまとめて〈藤島ハウス〉に運び込みます。とはいえ大きなものは布団ぐらいですからね。それも小道一本向こうの家ですからすぐに終わります。

いつものことなのですが、我南人の姿が見えません。あれからちっとも帰ってきませんよね。マネージャーさんとは連絡を取っているようなので、生きているのは確かなのですが。

「後は頼むぞ」

様子を見るのは撮影隊の皆さんが機材を運び込んでから、ということで、勘一は祐円さんのところに出掛けていきました。お昼ご飯も適当に済ませるそうです。

青と紺が撮影隊の皆さんを出迎えることにして、女性陣は〈藤島ハウス〉のお片付けです。

「これ、もうドア開けっ放しでいいんじゃないかしら」

藍子が言いました。〈藤島ハウス〉は全部で五室あります。藍子とマードックさんの部屋、かずみちゃんの部屋、そして大家である藤島さんの部屋の三つは埋まっていますから空き室は二つ。

「居るのは全員家族なんだからね」

かずみちゃんも頷きます。表玄関は鍵《かぎ》を掛けますけど、普段は藍子もかずみちゃんも部屋の鍵は掛けていませんよ。

それぞれ、紺と亜美さんと研人とかんなちゃんの部屋、勘一の部屋、そして普段マードックさんと藍子がアトリエに使用しているスペースは花陽と研人の勉強部屋になりました。藤島さんの部屋には大きなテーブルとベッドがあるだけで普段はほとんど使っていませんでしたから、今回は紺の執筆部屋にと貸してくれました。

「なんだか、環境がめっちゃいい！」

　花陽と研人が大喜びしています。産まれたときからずっとあの古ぼけた家に住んでいる二人。〈藤島ハウス〉は外観こそレトロな造りをしていますけど、設備は最新式ですからね。もちろんエアコンもついていますし、それぞれの部屋に格好いいお風呂もあります。

　お手伝いに来ていたすずみさん、藤島さんの部屋に眼を丸くしていました。

「カッコいいですねぇやっぱり」

　とてもこの下町にあるレトロなアパート風の外観には似合わないお部屋ですね。白と茶を基調にした壁や床に、作り付けの棚やカウンターは赤い色、テーブルは真っ白ですね。この壁掛けテレビは一体何インチあるんでしょうか。

「ここさ、防音も完璧《かんぺき》なんだって。ギター鳴らしていいって言ってた」

　さっそく研人は我南人に貰ったエレキギターとアンプを持ち込んでいましたよ。仮住まいなんですから、あんまり慣れても困りますね。

「研人くん、撮影が終わってから藤島さんに部屋を貸してなんて言ったら怒られるよ」

　すずみさんが笑って言います。

「わかってるよ」

かんなちゃん鈴花ちゃんもアパートの廊下を走り回っています。ここは正面玄関を入ったらそこで靴を脱ぐ本当に昔風の造りになってますから、廊下で遊んでも平気なんですよ。

「ねぇ、お昼ご飯、外で食べない？　皆で出るのなんて何年ぶり」

亜美さんの提案に皆が喜びます。

「女子会！」

「甘いものも食べたい！」

すずみさんと花陽が手をパチパチと打ち合って喜んでいます。

「僕もマードックさんも男子だけど」

「じゃあ、ぼくと、けんとくん、ふたりで、もんじゃやきいきましょう」

「いいね！」

なんだか皆はしゃいでいますね。お店のことを気にしないで皆で外出できるなんてことは、年に一回あるかないかですものね。

そろそろ撮影隊の皆さんが到着して荷物も運び込まれたようですね。お店の様子を見に行ってみましょうか。

我が家の前の道路には小型車しか入ってこられません。普通乗用車も通れないことはないのですが、歩く人や家の前に置かれた鉢植えやいろんなものに気を配らなきゃなりませんから大変なのです。

撮影機材を運んできたトラックも大きな通りに停《と》めて、そこから台車で皆さんが運んできたようです。

紺と青が、家の中であれこれスタッフの方と話していますね。おそらく現場の責任者の方なのでしょう。どこに機材を置いておけばいいかなどを確認しているようです。

「蔵は絶対駄目なんですね」

「駄目です。周囲に機材を置いておくのは問題ないです。それと離れには家族がいますから、スタッフの方は近づかないようにお願いします」

その他、あれこれと家の中を歩き回って確認しています。実際に撮影に使うのは古本屋の内部だけで、その他の部屋では撮影しません。役者さんの着替えや控室ということで二階の部屋は使うようです。

ここで演技をするのはほとんど佳奈さんと青だけという話ですから、そういう点でも安心ですね。

古本屋では、もうカメラがセットされていました。照明も点けて、どなたかがカメラを覗《のぞ》き込んでいます。監督ではないですね。何人かの方がモニターでいろいろチェックをしていますから、どのように画面に映るのかを確認しているのでしょう。

紺と青が外へ出ていきました。お昼ご飯でしょうか。ではわたしは女子会とやらに顔を出してきましょうか。近くの、子供がいても安心なレストランに行くと言ってましたからね。大の男二人の昼食にくっついていくより楽しいでしょう。

＊

賑やかだった女子会も終わり、皆で歩いて帰ってきました。鈴花ちゃんかんなちゃんがそれぞれお母さんに抱っこされて眠っています。お腹《なか》一杯になっちゃったんでしょうね。藍子が〈藤島ハウス〉の正面玄関の鍵を開けたところに、ちょうど紺と青も帰ってきました。

「あら？　お店の方は」

藍子が訊きました。

「俺たちも昼飯。今帰ってきたところ」

そう答えたところで、紺の携帯電話がなりました。どなたかから電話が掛かってきたようです。

「はい」

電話に出た紺の表情が曇りました。何かありましたか。その視線の先には我が家がありますが。

「すぐ行きます」

「どうしたの？」

「じいちゃんがやっちゃったみたいだ」

勘一ですか。紺が慌てて歩き出すのに、青と藍子も慌てたように急ぎ足で我が家に向かいました。あの人は何をやったのでしょう。一足先に古本屋に来てみましたが、なんですか、こういうのを凍りついた空気というのでしょう。

お店の中にはたくさんの映画撮影のスタッフさんがいらっしゃいますが、誰一人として動いている人がいません。じっと固唾《かたず》を呑んで成り行きを見つめている感じです。

視線の先には勘一が居ます。帳場の端に座り込み腕を組んで、眼を閉じて顔を上に向けています。

「とにかく、出てってくれ。もうそれ以上俺ぁ何も言わねぇ。ここでの撮影は中止だ」

静かに言いますが、その声は明らかに怒気を含んでいますね。そこに紺と青、藍子が開いていた古本屋の入口から入ってきました。

「あぁ」

現場の責任者の方ですね。紺の顔を見てほっとしたように動き出します。

「紺さん、すみません」

「何がありました？」

困った顔をしてその方、小声で紺に言います。

「すみません、実は美術の方であのようにしたら、おじいさんが怒ってしまって、出ていけと」

責任者さん、指で示したのは帳場の方です。それを見て青が「あちゃあ」と声を上げました。紺も大きく溜息《ためいき》をついて、首を横に振ります。藍子は眼をくるん、と動かして唇を真っ直ぐにしました。この子のそんな表情は久しぶりに見ました。

帳場は、いつもの整理整頓《せいりせいとん》された様子とはほど遠くなっていました。本棚から出して積み上げたのですね。古本が床から山と乱雑に積まれています。いまにも崩れ落ちそうですよ。

「あの墨文字も、ですか」

紺が言いました。あぁ、そうですね。うっかり見過ごすところでしたが、帳場の後ろの壁、お義父さんが書いた家訓〈文化文明に関する些事《さじ》諸問題なら、如何《いか》なる事でも万事解決〉ですが、長い年月が経って墨が陽に焼け擦《かす》れ、見づらくなっていた文字がはっきりと見えるようになっています。

紺と青がゆっくり壁に近寄っていきました。どうやら上から丁寧に墨でなぞり書きしたようです。

「すみません」

紺が丁寧に言います。

「こんなことをするとは聞いていなかったんですが」

「いや」

責任者の方です。

「美術の方から古本をこのようにしたいと要望がありましてね。墨文字も擦れていてちょっとカメラで捉《とら》え切れなかったので、美術の人間が極力元のままにきれいにしたのですが」

「出て行け、ってったのが聞こえねぇのか」

勘一は低く言います。

これは、しょうがないですね。古本を乱雑に積み上げたのは、いわゆるステロタイプな古本屋のイメージを出そうとしたのでしょう。けれども、我が家ではそんなことはしません。積み上げた古本はただ本を傷めるだけで何の得にもなりません。古本はただでさえ年月を経て傷んでいるのです。それをできるだけきれいな状態に戻して、我が子のように慈しんで、それを求める人に丁寧に手渡しするのが〈東京バンドワゴン〉なのです。

それに、墨文字ですね。

確かに元の字の形のままきれいになっています。さすが映画の美術さんですね。いじっていない文字もあるようですが違和感はまったくありませんから大したものです。これがそうしようと思ってやってもらったのなら、大した仕事だと勘一も喜んだでしょう。

でも、見た目には何も問題はないかもしれませんが、勘一にとっては違いますね。

あの字は、言ってみれば、この店と一緒でお義父さんの遺品です。いつか朽ち果てるまで家は建て直さない。この墨文字も擦れようが見えなくなろうが、そのまま、あるがままに、と残してきたものです。

青が積み上げた本を一冊取り上げて言いました。

「本を移動させるのは構わないとは言ったけど」

もう少し具体的に指示するべきでしたね。また溜息をついて、しょうがないという顔をして、携帯電話を取り出しました。

「穴崎監督には僕から電話します」

「青、ちょっと待って」

紺が電話を掛けようとする青を止めました。

「すみません、ちょっとこちらへ」

紺が責任者の方を外へ連れ出しました。そこで紺は少し待ってくれと携帯電話でどこかへ電話します。

「もしもし、〈東京バンドワゴン〉の紺です。今いいですか？　すみません、恐れていた事態になりました」

誰とお話をしているのですかね。

「向こうの許可が取れ次第、そちらに向かわせていいですか？　すみませんよろしくお願いします」

紺がやってきた青に言います。

「穴崎監督に電話して、向こうはオッケーだって」

「了解」

青が電話します。

「あぁ、監督ですか？　青です。最悪の事態ですね」

青が一、二度頷きます。

「どうしようもないです。このまま現場の皆さんは京都へ向かわせますから」

京都ですか？　それはどういうことでしょう。責任者の方も眼を白黒させてますよ。

「すみません」

「はい」

紺がジーンズのポケットから何かメモを取り出しました。

「撮影現場の変更です。監督にも許可を取りましたし事前に話もついています。後で電話で確認してください。場所はここです」

「京都ぉ？」

責任者の方がメモを広げました。あら、そこには〈乱麻堂《らんまどう》〉の文字が。これは京都の古本屋の有志の会、〈六波羅探書《ろくはらたんしょ》〉の相談役重松《しげまつ》さんのお店じゃありませんか。すずみさんが啖呵《たんか》を切って、大層喜ばれた相手ですよ。

「ここと同じぐらい古くて一軒家の日本家屋の古本屋です。むろん、関西随一の品揃えを誇り、我が家と同じぐらい素晴らしい古本屋ですから」

どうやら、紺と青はこんな事態を想定して準備していたようです。もちろん、穴崎監督にも相談して事前に下見も済ませてもらっていたとか。

確かに〈乱麻堂〉であれば映画の撮影にもぴったりですね。むしろ我が家より広くて、住居ではなくお店としてしか使われていませんから、うちより条件はいいでしょう。

文句も言わずに、いえ、言っていたのでしょうがそこはプロですね。撮影隊の皆さん、穴崎監督からの指示があるとすぐさま我が家に置いた機材を片付けて、あっという間にきれいにしていきました。帳場に積まれた本は、二度手間になるのでそのままで、と紺がお願いしたようですね。

紺と青と藍子が、深々とお辞儀をして謝っていました。

「さて、片付けようか」

青が陽気に言いました。今朝、〈藤島ハウス〉に持っていった布団やら何やらがあっという間に戻ってきます。

研人も花陽も文句を言わずに運びました。それは、勘一の背中を見たからですね。あれからずっと勘一は動きません。黙って腕を組んで眼を閉じて座り込んだままです。ちょっと他人にはわかりづらいですけれど、落ち込んでいるのですよ。皆に済まないと思っているのです。亜美さんもすずみさんもかずみちゃんもマードックさんもそれがわかっています。

帳場にうずたかく積まれた本を、これはすずみさんの指揮のもと皆で本棚に戻していきます。

なんでしょう、こうやって皆でわいわい言いながら古本の整理をするのは本当に久しぶりですね。意外と皆楽しんでいるのではないでしょうか。

すっかり元通りになったところで、すずみさんが声を掛けました。

「旦那さん」

「終わりましたよ」

勘一は、ゆっくり眼を開けます。

紺と青が、苦笑いして勘一を見ています。藍子や亜美さんすずみさんは微笑んでいますね。花陽も研人もしょうがないな、という顔をしていますよ。

勘一はそんな皆の顔をぐるりと見回して、文机に手をつき、ゆっくりと頭を下げました。

「済まねぇな」

「いいよ。きちんと念を押さなかった僕が悪いんだ」

紺が言います。

「向こうの部屋が見られて楽しかったよ、大《おお》じいちゃん」

何故かエレキギターを抱えたままの研人が、ジャーン！　とギターをかき鳴らして、皆が笑いました。

「どうしよう、これ」

青が家訓の墨文字を示して言います。勘一はゆっくり立ち上がって、墨文字を眺め溜息をつきます。

「勘一」

かずみちゃんです。

「おうよ」

「あんたがさ、これがまた擦れて見えなくなるまで長生きすればいいんだよ。そういうおまじないをしてもらったと思いな」

勘一は一度眼を大きく剝《む》きましたが、苦笑いしました。

「そうさな」

「そうよ」

さすがかずみちゃんですね。うまいことを言います。

「俺もかっとなって怒鳴っちまったが、こうして見りゃあ仕事自体は大したものだ」

苦笑いして青に言いました。

「美術さんに、後で詫《わ》び入れといてくれ」

四

随分とばたばたしてしまいましたが、葉山へ海水浴に行くのは予定通りになりました。張り紙も剝《は》がして、カフェも古本屋もすぐに通常営業に戻りました。

「さぁじゃあ行くぞおい」

「はーい」

我が家での撮影はなくなりましたが、青は穴崎監督との約束通り映画に出るために京都へ向かいました。

葉山に行くのは、泳ぎに行く花陽と研人、かんなちゃん鈴花ちゃんに亜美さんすずみさん。淑子さんの様子を見に行く勘一と、例の盗作騒ぎを確認するために紺も同行することになりました。もちろん、脇坂さんご夫妻も一緒ですよ。さすがに脇坂さんの車一台では乗り切れませんので、我が家のバンを出します。かずみちゃんは潮風にあたりたくないとかで留守番です。

我南人からは、「葉山に行くよぉ」というメールが入ったきりですが本当にあの男はどこで何をやっているんでしょう。

カフェは藍子とマードックさんがやってくれますが、古本屋がかずみちゃん一人では手薄なので、亜美さんの弟の修平さんが応援に来てくれました。勘一と紺はすぐに帰ってきますから、よろしくお願いしますね。


葉山も一年ぶりですね。ここにはいつ来ても気持ちの良い風がゆっくり吹いているような気がします。

海水浴場にほど近い、脇坂さんのご親戚の旅館に今年もお世話になります。皆でご挨拶して、天気も良いですからさっそく海へ出掛けて行きます。あんまり日焼けしないようにしてくださいね。

勘一と紺は、荷物を置くと淑子さんの別荘へ出掛けます。

瀟洒《しょうしゃ》な別荘でお手伝いさんとひっそり暮らす淑子さん。できれば兄である勘一と一緒に暮らしてほしいとは思いますし、勘一もそう考えたのですが、身体のためには東京よりこちらの方が環境がいいですからね。それでも、月に一、二回は我が家にやってきて皆と一緒にご飯を食べて、楽しんでくれていたのですが、ここ二ヶ月ほどは外に出るのを控えていたそうです。

「お兄さん」

淑子さんは、自室のベッドの上で起き上がり、枕《まくら》に背を凭《もた》せかけていました。すぐ裏が山になって緑の濃い様が見えます。開け放した窓から気持ちの良い風が吹きこんでいます。クーラーもあるようですが、この方が身体にはいいのでしょう。

「起きてていいのか」

「ええ、大丈夫です」

足をくじいてしまったそうです。そのせいで歩くこともままならず、寝てばかりいたのですっかり足腰も弱ってしまったとか。

「まぁしょうがねぇな。俺が丈夫過ぎるんだ」

ベッドの脇の椅子に座って、勘一が笑います。紺は壁際のソファにそっと座って、二人の様子を眺めています。

「紺ちゃん」

「はい」

「また御本を送ってくれてありがとう。とてもおもしろかったわ」

「ありがとうございます」

眼も弱くなってしまっている淑子さん、拡大鏡で眺めながらの読書は疲れるでしょう。

それでも可愛い又甥《またおい》の書いた本だからと読んでくれたのでしょう。

「調子が良いならよ、後で花陽や研人や、鈴花にかんなを連れて来るぜ」

「はい、お願いします」

淑子さん、嬉しそうに微笑みます。やはり勘一に似ていますよね。微笑んだときの眼などそっくりです。

「お兄さん」

「おう」

「日本に帰ってきて、良かったです」

淑子さんが真っ直ぐに勘一を見つめます。勘一は、ふふんと笑います。

「なんでぇ今さら」

「家を飛び出し、家族を捨ててアメリカに渡り、好き勝手に生きた人生でした。それでも、お兄さんや家の皆は温かく迎えてくれました。甥っ子どころか、又甥やその子供にまで会えて、一緒にご飯を食べたりお風呂に入ったりできるとは思ってもみませんでした」

その瞳《ひとみ》が少しばかり潤んでいますね。

「前にも言いましたけど」

「おう」

「もう思い残すことはありません。いつでも、お父さんお母さん、そして、会えなかったお兄さんのお嫁さん、サチさんのところへ行けます」

何を言うんです淑子さん。わたしはここに居ます。まだまだ一緒に皆と日々を過ごしましょう。

勘一は、同じように眼を潤ませながらも淑子さんの手を静かに叩きました。

「なに殊勝なこといってやがんでぇ。好き勝手に生きてんのは俺も同じだ。堀田の家の血筋ってもんよ」

「そうですね」

「いつお迎えが来てもいいってのは俺も同じだがよ、もしだぞ、もし先に行っちまったら親父とお袋と、それからサチにも言っといてくれ。俺はまだまだ死なねえからもうちょい待っててくれってな」

淑子さん、にっこり笑ってこくりと頷きました。

「じいちゃん」

帰り道、坂道を降りながら紺が言います。

「なんでぇ」

「覚悟しておいた方がいいんだね」

ふん、と勘一が息を吐きました。

「そんなもん、うちの連中は皆できてるだろうよ。俺の方が先かも知れねぇんだからな」

「そうだね」

紺が苦笑いします。悲しいことですが、確かにそうなのかもしれません。この先は頻繁に連絡を取った方がいいでしょうね。

＊

葉山の海に陽が沈み出す頃、紺に龍哉さんから連絡が入りました。様子を見に来るのなら、そろそろ来てもらった方がいいとのこと。

鈴花ちゃんとかんなちゃんは遊び疲れてお昼寝していましたが、あまり寝かせても夜寝なくなるので大変です。起こされて、まだちょっとぼーっとして、亜美さんすずみさんに凭れかかっています。

そのうちに元気になって、脇坂さんご夫妻と一緒に遊び出しますよ。晩ご飯には好きなお刺し身もたくさん出ますから、いっぱい食べてくださいね。

勘一と紺、それに龍哉さんのスタジオが見たいと言う研人も一緒に行くことになりました。ここから歩いて十分ほどですから本当に近いんですよ。

きました。

黒と白のコントラストがきれいなお宅が見えました。玄関先にどなたかが立っていますが女性ですね。龍哉さんではないようです。勘一たちを見つけて、笑顔で走り寄ってきました。

「堀田さんですね？」

「そうですが」

「お待ちしてました。龍哉も風一郎さんも、もうスタジオに入っていますので裏口からご案内します」

「こりゃどうもご丁寧に、申し訳ないね」

女性の方、こちらへ、と歩き出したかと思うとくるりと振り向きました。背は低いのですが均整の取れた身体で、丸い瞳が愛らしい方ですね。

「あ、私はこの家の同居人で千田《ちだ》くるみです」

そう言ってから、にこっと笑います。

「どうでもいいことですけど、恋人ではありません」

勘一も紺も笑います。龍哉さんと同じく、このくるみさんも気持ちの良い印象を与える方ですね。

案内された部屋は、なるほど音楽スタジオです。それもかなり広い造りですね。これでもロックンローラーの息子を持つ身ですから、こういうところを見学したことはありますよ。ここはミキシングルームとかいうところでしょうね。大きな機材が並んでいます。そしてアコースティックギターの音が響いています。

「こちらに座っていれば、中からは死角になってて見えません。声はスピーカーを通じて聞こえるから、と龍哉に言われました。それだけ言っておいてくれれば大丈夫だと」

たぶんくるみさんは細かい事情は聞かされていないのでしょうね。了解したと勘一は頷きます。

「冷蔵庫にあるもの、好きに召し上がってください。いろいろ入っていますから」

くるみさん、それじゃあと部屋を出ていきました。ありがとうございました。

研人は興味津々できょろきょろしています。

「そっちに行くなよ」

「わかってる」

スピーカーから響いていたギターの音が止まりました。ドアが開く音が聞こえました。

『風一郎さん』

これは龍哉さんの声ですね。ではギターを弾いていたのが風一郎さんなのでしょう。

『お客さんが来たんだけど』

『客？』

ガタガタと椅子から立ち上がるような音が聞こえて、その後に風一郎さんの声が響きました。

『我南人さん！』

勘一と紺が顔を見合わせました。どこからどうやってここに来たのでしょうねあの男は。どうせわたしは誰にも見えないのですから、ちょいとスタジオの中に失礼しましょうか。

あぁ確かに我南人です。手にはエレキギターを持っています。いつものように笑っているのか眠っているのかわからないような顔をしていますよ。スタジオには他にドラムスとキーボードの方がいらっしゃいます。二人とも我南人を見てものすごく嬉しそうな顔をしていますが、やっぱり嬉しいのでしょうかね。

「久しぶりだねぇえ、フーちゃんぅ」

風一郎さん、ぐっ、と咽《のど》の奥で唸りました。

「久しぶりです。我南人さん、ツアーは？」

「今は休憩中だねぇ、もうすぐアジアツアーが始まるよぉ」

「そうですか」

見れば風一郎さんのジーンズの後ろポケットにスキットルが入っています。あれにはお酒が入っているのでしょうか。

「フーちゃんぅ」

「はい」

「久しぶりにさぁ、ちょいと合わせようよぉお」

そう言って我南人はエレキギターのストラップを肩にして、ギターを抱えました。それを見た龍哉さんはベースを持ちましたよ。

我南人は風一郎さんの返事を待たずに、一言二言ドラムスとキーボードの方に言いました。それで、ドラムスの方がカウントを始めます。

我南人はギターを弾き、龍哉さんはベースを弾きます。キーボードがオルガンのような音を奏でています。あぁこの曲は風一郎さんのデビュー曲ですね。我南人が作った曲〈brother sun〉ですよ。懐かしいですね。

風一郎さんの顔つきが変わりましたよ。ギターをしっかりと抱え、歌いはじめました。いい声です。我南人も悪くはないのですが、風一郎さんの声はもっと柔らかく、きっと女性に好かれるのではないでしょうか。

演奏がどんどん波に乗ってくるのがわかります。一体感が出て来ています。歌が終わっても、我南人がリードギターを弾いたり、風一郎さんと掛け合いをしたりしています。

わかりますよ。どんなことがあっても、音楽で通じあった者同士は、一緒に演奏をすることでわかりあえるんですよね。どれだけ息の合った演奏ができるかを肌で感じ取れるんですよね。

いつの間にか、勘一と紺と研人もガラス越しにスタジオの方を見ていました。もう隠れる必要もないのでしょう。

我南人の合図で、演奏は終わりました。

皆が、ふぅ、と息をつきます。風一郎さんはしばらく眼を閉じて顔を上に向けていましたが、肩を落として、ギターを外して置きました。

「我南人さん」

我南人を見ます。そこで龍哉さんが、ドラムスとキーボードの方に外に出ようと目配せしました。三人で出て行きます。

「俺は、あんたの曲を盗んだ」

風一郎さんが、はっきりと言いました。そうして、どさりと椅子に座り込みました。

「あの日、あんたの部屋に入ったとき、何気にマシンを立ち上げたんだ。そこに、着メロなんてデータがあった。おかしくてさ、なんでそんなものを作ってるんだこりゃって思って聴いたんだ」

我南人はギターを抱えてそこに腕を置いたまま立って、黙って聞いています。

「びっくりした。いや、衝撃が走った。まるであんたの曲を初めて聴いたときみたいだった。こんな曲を書いていたのかって。でも、まだワンフレーズだけだった。歌詞もなかった。どこを探しても完成した曲はなかった。ってことは作りかけだ。どこにも発表していないはずだ。あんたがそんな中途半端なことをするはずがないってな。だから」

言葉を切りました。

「だから、盗んだ」

盗んで、自分のものにした。風一郎さんはそう続けました。そこで大きく息を吐きました。言ってしまって、きっとホッとしたのでしょう。ずっと胸の中に何かが澱《おり》のように溜《た》まっていたのではないですか。

「ヒット曲が、欲しかった」

そう言います。

「やりなおしたいんだ。女房と、佐和子と」

風一郎さん、頭《こうべ》を垂れたまま、呟くように言います。

「俺は、どうしようもない男だ。酒飲んで、暴れて、ろくでなしの、ひどい男だ」

アルコール依存症なのは確かなのですね。

「さんざん迷惑かけた。それでも、売れなくなってもずっと佐和子は一緒に居てくれたのに、いよいよ佐和子は愛想尽かして、子供連れて逃げちまった。でもよ、でもさ、我南人さん。俺よ」

「なぁにぃ」

「あいつを、愛してんだ」

その瞳は、真剣でした。昔は何度となく一緒にご飯を食べたりしていました。だから、わかりますよ。その言葉に嘘《うそ》はないのでしょう。もともと風一郎さん、突っ張ってますけど優しい青年でしたよ。

「だけどよ、酒がやめられなかったんだ。どう頑張っても、また気がついたら酒を飲んでんだ。そこから抜け出すにはさ、金しかなかったんだ。金さえありゃあ、病院にでもなんでも行ける。ヒットを出したかった。ドカンと一発あてたかった。そうして、昔みたいに」

ふぅ、とまた息を吐き出します。

「あの、歓声と光溢《あふ》れるステージに立ちたかった」

泣いています。涙がこぼれています。苦しかったのでしょうね。

「しびれた」

風一郎さんが続けます。

「我南人さんに、こんな曲が書けるのかと驚いた。とんでもなく瑞々《みずみず》しくて、切なくて、懐かしいメロディラインだった。これなら、これなら、この曲さえあれば」

やりなおせるんじゃないかと思った。泣きながら風一郎さんは続けます。

「売れれば、この身体を治せる。佐和子も、春香を連れてきっと戻ってきてくれる。そう思うと、思うと」

嗚咽《おえつ》が洩《も》れてきます。風一郎さん、苦しかったのでしょうね。我南人はゆっくりと動いて、ギターを下ろしました。

「フーちゃんさぁ」

風一郎さんは動きません。

「なんかさぁあ、肝心なことを忘れてるよぉお」

風一郎さんが我南人を見ました。

「肝心なこと？」

我南人は優しく微笑んで頷きます。

「金さえあればなんとかなるってぇ言ったけどぉ、もうひとつ、もっと強いものがあるよぉフーちゃん。アルコール依存症から君をぉ、引っ張り出してくれるものすごい強力なものがさぁ」

我南人が、スタジオのドアの方を見ました。そこに立っているのは、風一郎さんの奥さん、佐和子さんじゃありませんか。あぁお子さんもいますから、春香ちゃんなのですね。後ろに龍哉さんの姿が見えますから、連れてきたんですね。

「LOVEだよぉ、フーちゃん」

我南人が言います。

「本物のLOVEはさぁ、強いんだぁあ。どんなに強い力で引っ張られてもぉ、それが千切《ちぎ》れることは絶対にないんだよぉ。ずーっとずーっと伸びて細いほそーい糸みたいになってもぉ繋がっているんだよぉ。LOVEを鳴らすためにはねぇ、その繋がってる糸を弾けばいいだけなんだぁ。そうすればぁ、そのLOVEはぁ、きれいな音を立ててしっかり伝わるんだよぉ」

相変わらずわかりにくいですが、言いたいことは伝わります。

「佐和子ちゃんさぁ、ずっとずっと待っていたんだよぉ。君がさぁ、今僕に言ったことを、全部ぜぇえんぶを吐き出してくれることをさぁあ」

「佐和子が」

風一郎さん、佐和子さんを見ました、その顔が涙でぐしゃぐしゃです。佐和子さんも口に手を当てています。涙が、溢れてきました。

「君たちのLOVEの糸は切れていないよぉ。君のその手に持ったぁ、ピックで思いっきり弾いてごらんよぉ、思いのたけをシャウトしてごらんよぉ」

龍哉さんがちょっと春香ちゃんの背中を押しました。ずっと心配そうな顔をしていた春香ちゃんが喜んで駆け込んでいきました。風一郎さんが腕を広げ、そこに春香ちゃんが飛び込んでいきます。聞けばまだ五歳だそうですよ。お父さんがいなくてどんなに淋《さび》しかったでしょうね。

風一郎さん、春香ちゃんを抱っこして、そうして一歩一歩、佐和子さんに近づいていきます。

「出ましょうか」

龍哉さんが言って、勘一も我南人も紺も頷きます。スタジオを興味津々で眺めていた研人が慌てて走って行きました。

建物の外へ出た途端、まるで空いっぱいから降り注いでくるような蟬の声です。山が近いせいでしょうね。この辺りの蟬は元気一杯です。

「親父ぃ、来てたんだねぇぇ」

「来てたじゃねぇよまったく。一人で勝手に進めやがって」

そこに、風一郎さんが慌てたように出て来ました。

「我南人さん！」

皆が振り返ります。

「あの曲は」

何か言おうとするのを、我南人が止めました。

「フーちゃんぅ、あの曲、僕の曲じゃないねぇ」

「え？」

「あ？」

勘一が口を開けました。風一郎さんの眼も大きくなります。

「だって、あの部屋に」

「花陽に着メロにしてあげたんだろうが」

勘一が不思議そうに言いました。

「あれが僕の曲だなんてぇ、一言も言ってないねぇ。花陽には新曲だよとは言ったけどぉ、僕の新曲じゃあないよぉ」

あら、研人の様子が変ですね。

「じゃあ、誰が作った曲なんだよ」

勘一に訊かれ、我南人はニカッと笑って研人の背中を叩きました。

「研人の曲だねぇ」

「研人ぉ？」

皆が一斉に研人を見ました。研人はなんでしょう、恥ずかしそうなばつが悪そうな、微妙な表情をしていますよ。

「本当なのか？　研人」

紺が訊くと、研人は頭をぽりぽりと掻きました。

「そうだけど、僕はただフレーズを口ずさんだだけ。正確には、おじいちゃんが仕上げたんだよ」

「それも違うねぇえ」

我南人は風一郎さんの肩を叩きました。

「僕も研人のフレーズを整理しただけでぇ。着メロの部分しか作ってないよぉ。あの曲を、いい曲に仕上げたのはフーちゃんだねぇ。美しい曲を全部完成させて、切ない歌詞を書いて、ものすごい曲に作り上げたのはぁ、間違いなくフーちゃんなんだよぉ」

「我南人さん」

「やればできるじゃないかぁ。これからもさぁ、LOVEを忘れるんじゃないよぉ。明日のステージ、楽しみにしているよぉお」

そう言って、我南人は笑いました。風一郎さんは、また涙です。いい大人なのに泣き虫ですね。そういえば若い頃も何かといえばよく涙ぐんでいた気がします。

「さぁあ、帰ろうかぁ」

我南人が研人の背中を押して歩き始めました。勘一が肩を竦《すく》めて口をへの字にして続きます。紺が龍哉さんと風一郎さんに向かってお辞儀をしてから、追いかけます。

風一郎さんは、深々とお辞儀をしたまま動きません。

研人が振り返って手を振ると、龍哉さんが手を振り返してくれました。

「研人くん！」

龍哉さんが大声で呼びます。

「今度ゆっくり遊びに来い！」

研人が嬉しそうに笑顔になって、右腕を空に向かって突き上げました。

＊

葉山での短い海水浴の休日も終わり、皆が家に帰ってきました。

花陽も研人も随分日焼けしましたね。かんなちゃん鈴花ちゃんは騒ぎ疲れて随分早く眠りました。大人たちもゆっくり休んで疲れを取ってください。また明日からいつもの日々が始まります。

紺が仏間に入ってきました。話せるでしょうかね。

「ばあちゃん」

「はい、お疲れさまでした」

「葉山に来てたんだろ？　研人があの曲を作ったって」

「驚いたねぇ、本当に」

「まさか研人にあんな才能があるとはね。歌は上手いと思っていたけど」

「やっぱり血なのかねぇ」

「ばあちゃんもピアノを弾いていたんだよね？　じいちゃんだって昔はベースやバイオリンをやってたって。案外堀田家の血筋なのかな」

「どうでしょうねぇ。それより紺、風一郎さんのこと、しばらくは見守ってあげなくちゃね。あの病気は家族だけじゃなくて周りの人も考えてあげなきゃ」

「うん、わかってる。風一郎さんからもメール来てたよ。またあらためて来るって」

「そうかい。そういえば、この間言い忘れたけど」

「なに、あれ？　終わりかな」

もう終わりのようですね。紺が小さく頷いておりんを鳴らして手を合わせてくれます。

人は弱いですから、いろいろ間違いも起こしますよ。それは誰にでも、大なり小なりあることです。

でも、それに囚《とら》われていては、生きている甲斐《かい》がなくなってしまいます。大きな過ちでも、小さな過ちでも、それを償《つぐな》うためにしなければならないことは同じですね。

しっかりと自分の足で歩いて行くことですよ。周りの人に支えられてでも、それが恥ずかしくても、自分が情けなくても、歩いていかなきゃならないんです。

人間は、動物ですからね。そして動くから動物というんでしょう。だから歩かなきゃ、動かなきゃ駄目です。止まっていてはいけません。

そうしていけばきっといつか、傷は癒《い》えるものです。

秋 振り向けば男心に秋の空

一

金木犀《きんもくせい》の薫りがふいに漂ってきますと、あぁ秋になったんだなと感じますね。今年は残暑が厳しかったようで中々秋にならないと嘆く声も聞かれていましたが、ようやく季節が巡ってきたようです。

この辺りのお宅のお庭は小さいものばかりですが、板塀に囲まれたそこには秋の季節に嬉《うれ》しい実りがたくさんあります。柿《かき》の木に栗《くり》の木、団栗《どんぐり》に銀杏《ぎんなん》、昔はその実りは皆でよく楽しみ、子供たちなどはこぞって失敬したりしたものですが最近はどうなのでしょう。ここら辺りの子供たちもお行儀がよくなりましたから、そんなことは少ないですか。

長年遅咲きだと思っていた我が家の小さな庭の秋海棠《しゅうかいどう》は、今年は随分と早く咲いてくれました。同じようにどこからか飛んできて花咲いた秋桜《コスモス》と一緒に、季節の彩りで眼を楽しませてくれます。

秋ですね。窓を開けることも少なくなってきます。我が家の猫たちの玉三郎、ベンジャミン、ノラにポコたちが、夏の間は見向きもされなかったのに、皆に捕まって抱っこされる季節です。猫たちは迷惑かもしれませんが、温かいのですよ。犬のアキとサチは大きいですから抱っこするのには不向きですが、寝ているところに一緒に寝そべると気持ちが良いですよ。その代わりにぺろぺろ嘗《な》められて閉口しますけど。

相も変わらず堀田家は朝から賑《にぎ》やかです。

かんなちゃんと鈴花ちゃんは朝も早くから皆を起こして回ります。いちばんの被害者は研人なんですよ。二人は「けんとにい！」と叫んで同時に布団の上にダイビングしますからね。

もうこの秋で二歳です。月日の経《た》つのは本当に早いものですね。言葉も赤ちゃん言葉が大分抜けて発音もしっかりしてきました。もう誰に訊《き》かれても、自分の名前も年齢も言えます。「ほったかんな」「ほったすずか」と。

そして何より勘一を喜ばせているのは、これまでの「おーじゅ！」から「かんちーじーちゃん」に変わったことですね。ちなみに我南人は「がなっじーちゃん」です。我南人の発音は難しいのですかね。

台所ではかずみちゃんと藍子とマードックさんにすずみさんが朝ご飯の支度をしています。居間の座卓でお箸《はし》を出したりしているのは亜美さんと花陽とかんなちゃん鈴花ちゃんです。二人は花陽に教えられて、もうちゃんとお手伝いできるんですよ。

花陽はすっかり受験態勢に入ってしまって、台所仕事も免除されました。本人が嫌がったわけではなく、包丁を使って指でも切ったら勉強に支障が出ると勘一が言い出したのですよ。それはちょっと過保護でしょうけど、まぁ人手はたくさんありますからね。

あれほど料理に熱中していた研人も飽きたようです。本人曰《いわ》く、指を切ったらギターが弾けなくなる、とのことなんです。その言葉通り、近頃は暇さえあれば我南人の部屋に籠《こも》ってギターばかりかいろんな楽器を弾いています。そのせいでしょうかね、学校の成績は悪くはないのですが良くもなく、テストの点が返ってくるたびに亜美さんが渋い表情をしています。

白いご飯におみおつけ、具にはじゃがいもと玉葱《たまねぎ》と人参《にんじん》と枝豆がたっぷり入っています。小松菜と油揚げのおひたしに、大根とひき肉の煮物は昨夜《ゆうべ》の残り物ですね。春菊と舞茸《まいたけ》が入っているのはキッシュですか。杉田さんところのお豆腐は冷奴《ひややつこ》にして焼海苔《やきのり》と梅干し、大根のお漬物と座卓に並べられます。

上座には勘一がどっかと座り新聞を読んでいます。我南人はまだワールドツアーで外国を飛び回っていまして、終わるのは十二月になるようですよ。

いつものように、皆が揃《そろ》ったところで「いただきます」です。

「まーす、まーす」

「ねぇ、去年おじいちゃんに貰《もら》ったバーバリーのマフラーが見当たらないんだけど」

「いただきまーす」

「そういえば〈おかはし玲記念館〉の開館日って、そろそろよね？」

「あおちゃん、これあげる」

「学生服ってさ、一着しか買わないもんなの？」

「あれは花陽の部屋にあったでしょ？」

「あ、離れの屋根さ、ひょっとしたら雨漏りしてるかも」

「かんなちゃん鈴花ちゃん、いただきますは一回言ったらもういいのよ」

「だーめ、ちゃんと食べなさい」

「普通は一着だと思うけど？」

「あ、研人さ、あんた顔ちゃんと洗ってる？　ニキビできるよしっかり洗わないと」

「冬になる前に屋根に登って点検しようか。ここ何年も屋根なんか見てないよな」

「ぼく、にほんのがくせいふくって、きてみたかったんですよね」

「おい、バルサミコ酢あったよな？　出してくれよ」

「衣替え、やっちゃいましょうか。今日は買い物も何もないし」

「結局おかはしさんの原画は見つからなかったよなぁ」

「ばるさんみんこ？　かんちーじーちゃん」

「はい、旦那《だんな》さんバルサミコ酢ですけど」

「俺の学生服まだあるよ。マードックさん、あれをアレンジしてジャケットにでもしたら似合うんじゃない？」

「サルティンバンコじゃねぇよ鈴花ちゃん。バルサミコ酢」

「旦那さん！　冷奴にバルサミコ酢ですか！」

「ばるさんみんこす」

「いやサルティンバンコでもないよじいちゃん」

「ばるさんみんこす」

「美味《うま》いんだって、一度やってみろ」

とても美味《おい》しいとは思えないのですが、勘一は本当に美味しそうに食べていますね。

一度この人の味覚はどういうふうになっているのかをどなたかに調べてほしいものです。

あぁ、かんなちゃん鈴花ちゃんが匂《にお》いを嗅《か》いでものすごい顰《しか》め面をしていますよ。子供にはきつい匂いですよね。

「そういやぁ紺」

勘一が紺を呼びました。

「なに？」

「この秋には温泉行かねぇか」

温泉？　と皆が口々に言って勘一を見ました。

「去年は結局家族旅行に行けなかったしな。今年はかんなちゃん鈴花ちゃんも温泉に入れるだろ。二歳の誕生祝いも兼ねて、どうだ」

花陽や研人が小さい頃には、年に一度だけ店を閉めて、近場の温泉などに家族旅行に行ったものです。年中無休の我が家では貴重な休日でした。

「それはいいけど」

ちょっと紺の眼が泳ぎましたね。我が家の家計を預かる身として心配しているのは予算でしょうね。何せ大人数ですからそれだけでも大変です。

「そういえば、脇坂もどこかに行きたいと言ってたんですよ。あれで顔が広いですから、どこか近場でいいところを探しておいてもらいます」

亜美さんが助け船を出しました。でも、確かに脇坂さんは前から子供たちを連れて温泉に行きたいとおっしゃってましたね。

「留守番は心配しなくていいよ」

かずみちゃんが言いました。

「なんだよ、行かないってか」

皆がかずみちゃんを見ました。

「お世話になってるからね。そんなときぐらいは役に立たないと」

「行こうよかずみちゃんも」

花陽が言います。

「たまにはね」

かずみちゃんがお茶を飲みながら、仏間の方を見ました。

「草平さんと美稲さんとさ、一緒に差し向かいでゆっくりするよ。遠慮しないで行ってきなさいな」

竹を割ったような性格のかずみちゃんです。遠慮とかではなく本当にそう思っているんでしょう。その辺は勘一がいちばんよくわかっていますよね。

「そうかい。まぁいいや。まずはどこへ行くか決まってからだな」

花陽と研人が学校に行くのを、いつものようにかんなちゃん鈴花ちゃんが「いってらっしゃーい」とお見送りします。もう誰かがついていく手間もいりませんよ。そのままばたばたと廊下を走って戻ってきて、アキやサチ、猫たちを追っかけます。勘一の背中に乗っかったり、本当に元気ですね。

勘一が店の帳場に座り込みました。すずみさんがお茶を持ってきます。

「はい、旦那さんお茶です」

「おう、ありがとよ」

ずずっと熱いお茶を啜《すす》ります。

「そういや、すずみちゃんよ。幼稚園とかはどうするんだ」

「幼稚園ですかー」

すずみさんが、うーん、と難しい顔をします。

「まぁ行くとしても再来年《さらいねん》の話なんですけどね」

「そうさな」

「亜美さんともいろいろ話してはいますけど、難しいですねー」

わたしが生きていた頃からもう、幼稚園とか保育所が足りないという問題が出ていました。藍子や紺や青の時代にはそんなことはなかったように思うのですが。

「まぁ無理して行かせることもねぇけどな。我が家には人だけはいっぱいいるんだし」

「そこは安心なんですけど、やっぱり近所付き合いってものもあるんで」

同じ年頃の子供たちと一緒に過ごす時間というのは必要ですよ。

「まだ時間はありますからね、しっかり考えます！」

「おう」

聞き慣れた声が聞こえてきましたよ。

「はい、おはようさん」

「おはようございます！」

祐円さんですね。あら、大きな男の方が一緒に入ってきたと思ったら、我南人の幼馴染《おさなな じ》みの新《しん》ちゃんです。なんだか久しぶりじゃありませんか。

「どうも親父《おやじ》さん、ご無沙汰《ぶさた》です」

「おう、新の字か」

お父さんの建設会社を継いで社長さんをやっている新ちゃん。子供好きで面倒見が良くて、ふらふらしている我南人に代わって、藍子や紺や青を遊園地などに連れて行ってくれましたよ。

「なんだよ揃って登場とは」

「なに、そこで一緒になったんだ」

「すずみちゃん相変わらず可愛いね。青の野郎には飽きてないかい」

「飽きませんよー」

ころころとすずみさんが笑って新ちゃんの軽口を流します。二人は帳場の端と丸椅子《まるいす》にどっこいしょと腰かけましたが、そういえば新ちゃんは我南人の二つ下のはずですから、もう還暦じゃないでしょうかね。

「そういやぁ新の字、おめぇこないだ新聞に出てたな」

「あぁ、見ましたか」

新ちゃんが照れ笑いします。わたしも読みましたよ。出所者の方の職の世話を積極的にしている会社社長という記事でした。

藍子がコーヒーを持ってきました。

「はい、祐円さん、新さん、コーヒーです」

「ほい、藍ちゃんありがとな」

文机《ふづくえ》の上にコーヒーが置かれます。

「まー、親父の代からやってたことで、大したこっちゃないんですけどね」

「こういう時期だからな。ブンヤさんも少しは心温まる記事を書きたいんだろうさ」

祐円さんが、煙草《たばこ》を吹かします。

「いや、それなんですけどね、親父さん」

新ちゃんが言います。少し真顔になりました。

「なんだよ」

「つかぬことを訊きますがね。祐円さんにも」

「なんだい」

「最近、怪しげな奴《やつ》がこの辺をうろうろしてませんかね」

新ちゃんは少し声を潜めて言いました。

「怪しげな連中？」

「いかにもヤクザっぽいとか、あるいはむさくるしいとか、そんな奴」

うーん？　と勘一が首を捻《ひね》ります。祐円さんも、さてな、と腕を組んで天井を見上げました。

「まぁむさくるしい野郎はどこにでもうろうろしてるけどよ」

「そういえば」

藍子です。

「心当たりあるかい？」

「ここ何日か、あまり来られない男の方が、カフェの方に」

「来るのか」

勘一が訊きました。

「もちろん、見慣れない方が来るのは別によくあることだけど、確かにちょっとそぐわない雰囲気の方がコーヒーを飲みに。それも、ちらちらと周りや、古本屋の方の様子を窺《うかが》ったり」

新ちゃんが、そうかぁと顰め面をします。

「なんだよ新の字、どういう話なんだよ」

「いやね、従業員から聞いた話なんですけどね、あの新聞記事が出てからどうもどこかで顔を見たような奴がうろついていると。思い出せないんだけど確かにどこかで見たと」

「ははぁ」

祐円さんが、ぽん、と帳場の手摺《てす》りを叩《たた》きます。

「その従業員ってのは、あれだな、出所者で今は真面目《まじめ》に働いているんだ」

「そうですそうです。だからたとえば塀の中で見たとかね」

「そういうことかい」

もちろんきちんと刑期を終えられた方ですからね、どこで何をしようが問題ありませんけど。

「おめぇのところを頼ろうと思っては来たけど、ふんぎりがつかねぇでうろうろしているうちに問題を起こさねぇかと心配してるってわけだ」

「そういうことです」

元は柔道でオリンピック候補にもなった、いかつい顔にガタイの良い新ちゃんですが、心根は本当に優しいですよね。

「まぁ話はわかった。ちょいと気をつけてみるさ」

「よろしくお願いします」

新ちゃん、頭を下げて、「そいじゃ」と言って出ていきました。

「怪しげな連中っていやぁ、あれはどうなったんだい」

　祐円さんが訊きました。

「ほら、〈おかはし玲記念館〉の」

　勘一が、あぁと頷《うなず》きながら渋い顔をします。春に我南人が依頼されて、〈おかはし玲記念館〉に収蔵する数々の絵本や童話を勘一と紺が集めたのですよね。それはいいのですが、その後開設の資金面でごたごたしたとかで、ようやくこの秋に開館を迎える運びになったのですよ。

「よくわからねぇけど騒いでんだろ？　ネットの中でオタクだのロリだの」

　そうなのです。中学校の図書室の先生で、青の先輩でもある森下先生たちが非常に協力してくれまして、我南人が言っていたように、小学生や中学生の本好きの子供たちを集めて、開館の日に皆で本を棚に並べるイベントにしようとなったのですよ。

　ところが、そういう趣味の大人の方々がそこに集まろうとネットで騒いでいるらしいのを青が見つけたんですよ。

「ありゃあなぁ」

　勘一が頭を掻《か》きます。

「どういったもんだかな。本人たちには悪気はねぇんだろうけどよ。子供たちがいるところに異様な雰囲気の連中がぞろぞろ集まってこられちゃあ、保護者も不安だし近所迷惑でもあるしよ。かといってやらないわけにはいかねぇしなぁ」

おかはし玲さんなのですが、没後三十年も経って、その可憐《かれん》な少女の絵がネットで急に人気が高まったのですよ。いわゆるロリなオタクな方々というんでしょうか。記念館には未発表の私家本も展示されるそうですから、そういうものを目当てに来るのでしょう。

少女趣味というものは本家のナボコフさんの小説『ロリータ』を持ち出すまでもなく、その概念というか、そういうものはわたしにも理解はできますがそれとは別なのでしょうかね。

「そういう連中はどうせスケベ心満載なんだろうよ。聖地だとかなんとか抜かして集まってくる奴はふん捕まえて放り投げりゃいいじゃねぇか」

祐円さんに言われて、勘一は唇をへの字にして頷きます。

「運営は俺らには関係ねぇところだけどよ、まぁ乗りかかった船だ。いろいろ手助けはしてやるさ」

午後になりました。お昼ご飯も済ませた勘一が煙草を吹かしながら帳場で本を読んでいます。からん、と音がして、戸を開けて入ってきたのは、大きな風呂敷包みの荷物を抱えた栖本《すもと》さんですね。

「よぉ、質屋。また来たのか」

「毎度済まないね。亜美さんの力をお借りしたくてね」

三丁目の〈栖本質店〉のご主人ですね。開業して四十年という古いお店なのですが、継ぐ人もいなくてご主人の代で終わりだとか。確か、今年で七十歳ぐらいでしたよね。

「ちょうど暇な頃だろ、上がってくれよ。おい、亜美ちゃん！」

はーい、という亜美さんの声が聞こえます。栖本さんは荷物を抱えたまま居間に上がって行きました。

「あら、栖本さん」

「はい、亜美さん、申し訳ないね。また見てほしいものが入ったんだ」

「どうぞどうぞ」

今回の荷物の中身はなんでしょう。紫色の大きな風呂敷包みを解《ほど》くとそこにはバッグとガラスの瓶がありました。

実は亜美さん、ブランド品や美術品にはものすごく詳しいのですよ。お母さんが美術の先生だったというのもあって、小さい頃から随分とたくさんの美術館を観《み》て回ったと言ってましたね。ブランド品はどうなのでしょう、元はスチュワーデスさんでそういうものをたくさん身に付けていたというのもあるのでしょうかね。

「あー、エルメスですねー」

亜美さん、古本屋で使う白手袋をつけてさっそくエルメスのバッグを手にしました。栖本さんがにこにこしながらその様子を見ています。

栖本さん、本当に昔ながらの質屋さんなのですよ。お若い方はよく知らないでしょうね。ご本人は不勉強で申し訳ないと言っていますが、持ち込まれたブランド品が本物か偽物かわからないことが多いそうです。たまたま勘一のお使いで栖本さんに届け物をした亜美さんが、そこにあったブランド品の偽物を見抜いて、危うく損するところを免れたと感謝されたのです。

それ以来、そういう品が出てくると亜美さんに見立ててもらうのですよ。

「なんでもね、七〇年代のヴィンテージだって言うんだ。下手《へた》したら百万するとか言うんだがね」

「いやー」

亜美さん、渋い顔をします。

「いくらなんでもそれはないですね」

「偽物かね」

「いえ、本物ですね。金具とか縫製の仕方を見てもそれは間違いないですけど、劣化がひどいですよね。いくら七〇年代のものっていってもこれはひどいです」

「だよねぇ」

亜美さん心配そうな顔をします。

「いくら貸したんですか」

「三万なんだが」

あぁ、と言って亜美さんホッとした顔をします。

「それなら、いいところです。腐ってもエルメスですし古いものには間違いないですから、欲しい人なら十万は出すと思いますよ」

それから、と、見たのはガラスの花瓶ですか。

「まさかこれをガレとか言ってたんじゃないでしょうね」

「いや、そう言ってたね」

亜美さん、渋い顔をしてその花瓶をひっくり返したり光に透かしたりします。

「これ、偽物ですよ。たぶん二万もしないと思います」

「あぁ」

栖本さん渋い顔をします。

「ちょいと出しすぎたか。十五万はするってんで、三万出したんだが」

「拙《まず》いですね」

「受け取りに来てくれることを願うね」

笑いながら品物を包みます。

「済まないね、いつもいつも」

「いいえぇ」

亜美さん楽しそうですからいいですよね。本人もお役に立てて嬉しいと言ってますし。

二

二、三日経った夜のことです。
脇坂さんのお家にかんなちゃん鈴花ちゃんがお邪魔しにいって、そのままお泊まりになりました。外泊にも慣れていかないと困るだろうということで、たまにあるのですよね。正確に言えば脇坂さんはかんなちゃんのおじいちゃんおばあちゃんなのですが、鈴花ちゃんにもわけへだてなく本当の孫のように接してくれています。本当にありがたいですよ。

もちろん、お母さんである亜美さんとすずみさんもお泊まりです。こういう夜は家の中が静かですよね。

ノラやポコ、ベンジャミンと玉三郎の猫たちが、縁側でのんびりと横たわったり、聞こえてくる虫の音を聞いているのか、じっと庭を見たりしてますよ。追いかけられることがないのでホッとしているのかもしれません。

月が冴《さ》え冴《ざ》えと庭を照らしています。空気も澄んでいて、秋が本当にやってきたようです。

「温泉なんだけどさ」

居間の座卓でパソコンをいじりながらお茶を飲んでいた紺が言いました。

「群馬の赤城山の温泉はいかがでしょうって」

同じく、のんびりとお茶やコーヒーを飲んでいた勘一と青、かずみちゃんとマードックさんが紺を見ました。藍子はなんでも同級生が飲みにきているとかで、真奈美さんに呼ばれて〈はる〉さんに行ってます。

「赤城山か」

「くにさだちゅうじ、ですね」

マードックさんよくご存知ですね。

「そこの旅館が安く泊まれるんだって。今度の土日はいかがでしょうかって脇坂さんが」

メールで伝えてきたのでしょう。脇坂さんはゲーム好きといい、お年の割にコンピュータというものを使いこなしていますよね。

「花陽の塾とかは大丈夫か」

「大丈夫じゃないかな？　試験があるとは言ってなかったし」

花陽は自分の部屋で勉強をしています。研人はおそらくヘッドホンをして、我南人の部屋でギターをかき鳴らしているのでしょう。

「特に予定もなかったし、いいんじゃないの？」

青が言います。

「ぼくも、だいじょうぶです」

「決まりね。皆でのんびりしていらっしゃい」

かずみちゃんが言います。

「本当にいいのか？　別に留守番はいなくたって、アキとサチの飯と散歩ぐらい祐円や康円やそこらの誰かに頼めば済む話だぞ？」

「いいんだってば。誰が勘一に遠慮するもんですか」

確かにそうですね。

じゃあまぁそうしましょうと、久しぶりの家族旅行が決まりました。わたしはその赤城山にある温泉とやらは行ったことがないので、行きだけは一緒に車に乗せてもらいましょうか。帰りは一息で帰ってこられるので、かずみちゃんと二人でのんびりできますよ。

そこに、ピンポン、と裏の玄関の呼び鈴が鳴りました。

「うん？」

夜の九時ですね。こんな時間にどなたでしょうか。青が立ち上がって玄関に向かいました。

「はーい」

ガラガラと戸を開けますと、そこに立っていたのは。

「木島《きじま》さん！」

まぁ、雑誌記者の。木島さん、あのいつも着ているくたびれたスーツ姿で鞄《かばん》を肩に、にっこりと微笑《ほほえ》みます。

「どうも、ご無沙汰しまして」

本当にお久しぶりですよ。その後どうしているのかと皆で心配していました。声を聞いて、皆がどたばたと廊下を走ってきましたよ。

「木島！」

「堀田さん」

木島さんが勘一を見て嬉しそうに笑います。

「どうも、夜分にすいませんね」

「馬鹿野郎、夜分も昆布もねぇ」

勘一は本当に心配していましたよね。顔をくしゃくしゃにして、木島さんを呼びこむように手を振りました。

「上がれ！　何遠慮してんだ」

我が家の蔵に眠る過去の遺物がほじくり返されそうになったのはいつでしたかね。大新聞の記者さんの圧力に屈するところを、この木島さんが自分の身も顧みないで救ってくれたのですよ。あの後、ぱたりと話は消えていきましたものね。

かずみちゃんと花陽以外は男しかいない夜だからと、勘一が一升瓶とぐい飲みを台所から持ってきました。木島さんに酒を注《つ》ぎます。マードックさんが台所で何かを始めたのはおつまみを作るつもりなのでしょう。

「今更だがよ、木島」

「はい」

「これ、この通りだ」

勘一が頭を下げると、木島さんにやりと笑って自分も頭を下げます。

「勘弁してくださいって堀田さん。俺が好きでやったことですって。そんなことされちゃあもう二度と顔を出しに来られなくなっちまいますよ」

「そうかい」

勘一も笑います。かちん、と軽くぐい飲みを合わせました。木島さん、あのときには本当にありがたいことをおっしゃってくれてました。勘一も本当に感謝していましたよ。

「あの後、どうしていたんですか？」

紺が訊きます。

「いやなに、大したことはしてませんよ。東京に居て仕事仲間に顔を見られるのがちょいと気まずかったんでね。北海道の知り合いのところに行ってアルバイトの記者仕事をしていたんですよ」

「北海道か」

「お蔭《かげ》でコンサドーレ札幌《さっぽろ》と北海道日本ハムファイターズに詳しくなりましたよ」

快活に木島さん笑います。お顔を拝見しても血色が良いですし、痩《や》せた様子もありません。安心したように皆が頷いています。マードックさんが、マリネとソーセージをボイルしたもの、それにささみと野菜をケチャップで炒《いた》めたものを持ってきました。

「それでですね、堀田さん」

「おう」

「今日、お邪魔したのは淋《さび》しくて帰ってきたわけじゃないんで」

「うん？」

木島さんの顔がほんの少し真面目になりました。

「もういい加減ほとぼりも冷めたろうってんで帰ってきたのは十日ほど前でしてね。で、実は二、三日前に一言ご挨拶《あいさつ》をと思って近くまで来たんですが、そこでちょいと気になる野郎を見かけまして」

「気になる野郎？」

　勘一も少し眼を細めました。

「それが、風体《ふうてい》なんかを思い出せなくて、まったく当てにならない話で申し訳ねぇんですが、おそらく堀田さんにはまったく縁のない世界の男だってのは確かなんですよ。そいつがどうも〈東京バンドワゴン〉の周りをうろついてやがるんです」

　紺が眉《まゆ》を顰《ひそ》めました。

「どうしてうちはそんな話が転がり込んでくるんだろうね」

　青が言います。勘一はふーむ、と唸《うな》ります。

「そういやぁ、新の字もそんなことを言ってやがったな」

「新の字？」

　木島さんが訊きました。

「気色《けしき》の怪しい野郎がうろついているから気をつけてくれってな」

「そんなこと言ってたんだ新さん」

「その新の字、ってのはあの人ですか。俺をふん捕まえた」

　そうでした。新ちゃん、この近所で建設会社を営む篠原《しのはら》建設の社長ですと説明しました。すると木島さん、ぽん、と座卓を叩きます。

「そうか」

何か思い当たったのでしょうか。急に立ち上がりました。

「堀田さん、ご馳走《ちそう》さまでした。すいませんがもうちょいと待っててください」

「待てって、何をだ」

「そいつの正体ですよ。ついでになんでこの辺をうろついているのかも調べてきますんで」

「あ？　おい！」

言うが早いか木島さん、あっという間に部屋を飛び出して玄関から出ていってしまいました。

「相変わらず人の話を聞かねぇ野郎だ」

「でも」

紺です。にこりと笑います。

「ありがたいね。俺らのために、何の得にもならないのに」

「まったくだ。お人好《ひとよ》しにもほどがあるってな」

＊

花陽にイギリスからエアメールが届くようになってから随分経ちます。そう言えばちょうど一年ぐらい前ですよね。同級生だった神林くん兄弟が、お父さんのお仕事でイギリスに引っ越していったのは。

一ヶ月に一回、書いているのはどちら宛《あて》なのか花陽は教えてくれないのですが、どうやらお兄さんの方ですね。写真が一枚か二枚同封されていて、イギリスの町並みや近くの観光地の様子を伝えてくれます。

もちろんメールもできるはずなのに手紙というのは古風ですが、あのご兄弟には似合っているような気がします。どうやら研人はメールアドレスを教えてもらって、ときどきメールを交換しているようです。

からかうと怒るので誰も言いませんが、花陽はどちらかに気があるのでしょうかね。青などはいっそのことイギリスに留学したらどうだなどと言ってますよ。

明日はいよいよ温泉旅行に出掛けるという日の前の晩です。

いつもと変わりない一日を過ごし、晩ご飯を食べて、皆で順番にお風呂に入ってのんびりと夜を過ごしていました。かんなちゃん鈴花ちゃんはもうすやすやと眠っています。

明日の準備といっても一泊ですし、最近の新しい旅館には何でも用意されていますからね。ほとんど身一つで行けばいいので気軽ですよ。

「そういえば、かよちゃんのともだちのかんばやしくん」

マードックさんが言いました。

「うん？」

「このあいだ、じゅうしょ、おしえてくれたのですよかよちゃん。そうしたら、うちからそんなにとおくないところでした」

「へぇ」

藍子も頷いています。

「くるまではしって、にじゅっぷんも、かからないとおもいます。West Sussex しゅうの Littlehampton というまちです」

「そうかい」

「じゃあれですね！　いつか花陽ちゃんがイギリスのおじいちゃんおばあちゃんに会いに行くときに遊びに行ったりするんじゃないですか」

すずみさんが何故《なぜ》か嬉しそうに言います。勘一が苦笑いしました。

「まぁ藤島とデートするって言い出すよりかはホッとするわな」

皆が苦笑しました。

「旦那さん、心配しなくても大丈夫ですよ」

すずみさんが続けます。

「そうかよ」

「あと五年経って花陽ちゃんが二十歳《はたち》になって藤島さんに猛アタックしても、大人の対応で受け流してくれますよ」

「なんで断言できるの」

　青です。

「だって、藤島さんは胸の奥に秘めた人がいるんですよ。いつまでも忘れられない人が」

　すずみさんロマンチックなことを言いますね。男性陣はそれぞれに微妙な表情を見せました。

「いやでも、そんな感じよね藤島さん」

　亜美さんです。

「ゲイでもない限り、あれだけよりどりみどりなのに誰とも本気にならないっていうのは」

「どうかなぁ」

「まぁどうでもいいぜ野郎の色恋沙汰は」

　玄関の呼び鈴が鳴りました。

「誰かな」

　藍子が玄関に向かうと、「こんばんは」と声が響き、からりと戸が開きます。あら、修平さんですね。佳奈さんもいらっしゃいます。声を聞きつけた亜美さんも玄関にやってきました。

「修平？　どうしたのこんな時間に」

修平さんと佳奈さん、にこりと微笑みます。

「留守番に来たんだよ」

「え？」

かずみちゃんが悪戯《いたずら》っぽく笑います。

「明日はね、茅野さんと藤島さんも来るからね」

「ったく、なんてことを考えるんだおめぇは」

どうやらかずみちゃんが留守番のメンバーを集めてしまったようです。明日のカフェは修平さんと佳奈さん、そして古本屋には茅野さんと藤島さん。皆で一晩泊まるように準備もしてくるとか。

「皆に話したら大喜びしていたわよ」

「そりゃあ茅野さんと藤島の野郎は大喜びだろうよ」

「一日中古本の相手ができるんだからね」

紺が笑います。

「私はカフェを手伝うよ。佳奈さんをずっと出しておいてマスコミが騒いでも困るからね」

かずみちゃんも普段カフェを手伝ってくれていて、メニュー作りは問題ないですからね。

「楽しみです。学生時代にカフェのバイトをしていたので得意ですよ。それに私、こうして眼鏡《めがね》掛けると全然気づかれないんですよね」

佳奈さんも嬉しそうに言いました。確かに、わたしたちは知っているからわかりますけど、眼鏡ひとつで普段とはまるで印象が変わりますよ。

皆さんのご好意は素直に受け取っておいた方がいいでしょうね。勘一もしょうがねぇなと頷きます。

「まぁもう集めちまったんだからな。その代わり、藤島と茅野さんには言っとけよ。古本持ち込まれても勝手に値付けするなよって。預かっておきゃいいからな」

「わかってるよ勘一」

三

翌日です。朝から修平さんと佳奈さんはカフェに立って準備をしていました。かずみちゃんがいろいろ教えていましたよ。

堀田家一同は脇坂さんの車と二台に分乗して、途中で朝ご飯を食べてあちこち寄りながら群馬県に向かいます。後から確認しましたら、今夜の宿は随分昔に勘一と行ったことがあるところでした。改装して名前も変えてしまったのでわかりませんでしたよ。そうなれば、わたしはいつでもひょいと行けますので、着いた頃を見計らって顔を出しましょう。留守番のこちらの方が気になります。

いってらっしゃいとかずみちゃんと修平さん佳奈さんに見送られて車は走っていきました。

「おはようございます」

「あら、おはよう茅野さん、藤島さん」

二人で一緒にやってきました。偶然そこらで会ったのでしょうね。

「さっそく頼むわね」

二人ともにこにこしていますね。茅野さんが、では、と言いながら帳場に上がり込み、座りましたよ。

「いやぁ、申し訳ないような気持ちになっちゃいますね」

茅野さん、本当に嬉しそうです。

「後から交代ですからね」

藤島さんが丸椅子に座りながら言います。なんですか子供みたいですね。

「こうしてここに座ると、なんだか景色が違いますすね。やっぱり私じゃあ力不足かな」

「なにがですか」

「いや、何というか、重みが違いますよ。ちょっと座って御覧なさい藤島くん」

どれどれ、と今度は藤島さんが帳場に座ります。背筋を伸ばし、文机に手をついて店を見回しました。

「あぁ」

藤島さんが頷きます。それから後ろを振り返ってまた向き直ります。

「歴史、ですかね」

「感じるでしょう」

茅野さんがしきりに頷きながら言います。ただの帳場ですから座っても何も変わりはないと思いますよ。

「何だろう、場が違いますね。いや、待ってくださいそれにこれは」

藤島さんがもう一度座り直して、背を伸ばしたり少し丸めてみたり、それから手摺りをいじったり文机の下を覗《のぞ》き込んだりしています。

「どうしました」

「ここを造ったのは、先々代の堀田達吉さんという方ですよね」

「そう聞いてますな。その昔、三宮《さんのみや》という財閥に婿入《むこい》りして名を成してその後突然引退してここを開いたと」

かずみちゃんが二人にお茶を持ってきました。

「何の話だい」

「かずみさんは先々代には会っていらっしゃるんですか？」

「人を化け物みたいに言うんじゃないわよ」

けらけらと笑います。

「私がこの家に来たときには、もう亡くなっていたわ」

「この帳場、座って初めて気づいたんですけどね。何か仕掛けがあるんじゃないですか」

かずみちゃんが、あら、と笑います。藤島さん、よく気づきましたね。

「そうよ、知らなかった？」

あえて人様にお伝えするようなことではないですからね。

「仕掛け、ですか」

茅野さんも覗き込んできます。かずみちゃんが店に降りて、帳場の前に立ちました。

「勝手に動かすと勘一に怒られるから、できないけどね。この帳場の下は空洞になっていて、隠れ場所になってるのよ」

「隠れ場所？」

かずみちゃん、頷きます。

「その昔、当局の不当な弾圧を受けた文士や思想家を匿《かくま》うためにね」

茅野さんも藤島さんも、あぁ！　と頷きます。

「そうか、明治の頃からここはあるわけだから」

「そうそう、私も子供の頃に一度だけ入ったことあるけど、抜け穴もあってね、ここから庭の蔵まで通路があって、そこから逃げ出せるようになってるのよ」

「そんなものまで！」

わたしも二、三度しか入ったことありませんよ。ほとんど開かずの間のようになってますから、今はひどい状態になっているかもしれませんね。

「それに、ほら、棚の配置と帳場の位置を見るとわかると思うけど、この帳場の手摺りは動くようになっていてね、ぐいっと横にスライドさせると、誰かが家の中に踏み込もうとするのを邪魔できるようになってるの。棚の位置もそれを邪魔するように置いてあるし、見た目わからないけど、棚も可動式になってるのよ」

藤島さんが感心したように首を振りました。

「それでこんなに丈夫な造りになってるんですね」

「いや、前からただの手摺りにしては頑丈な造りだと思っていましたが、まさかそこまで考えて造ってあったとは」

「最初はね、この帳場の床もどんでん返しになっていたそうよ。忍者屋敷みたいに、くるっと回って下に逃げられるんだって。さすがに草平さんの時代に作り直して普通の床にしたみたいだけど」

いやまいった、と茅野さんおでこを叩きました。

「さすが〈東京バンドワゴン〉。並みじゃありませんな」

そこに、からん、と音がしてお客様が入ってきました。

「あれ？」

お客様ではありませんでした。スーツ姿の木島さんでしたよ。帳場に座っている藤島さんを見て眼を白黒させていました。

「藤島社長、なんでそんなところに」

「木島さん！」

そうそう、藤島さんは一時でしたが、木島さんの出版社の大本の社長でしたからね。

「そうでしたか。皆さん温泉に」

上がり口に座り込んで、かずみちゃんの淹《い》れたお茶を飲んで木島さん頷きます。

「しかし木島さん、お元気で何よりでした」

「いやまったく、迷惑をお掛けしました」

事情はわかっていますから大丈夫ですよね。

「それじゃあですね、藤島社長」

「もうあなたの社長じゃないですよ」

笑います。

「堀田さんに直接伝えようと思ったんですがね。俺もちょいと忙しいんで言っといてほしいんですが」

「何でしょう」

木島さん、胸のポケットから手帳を取りだし、ボールペンでさらさらと何か書きつけました。

「これを渡しといてください」

折り畳みもせずに渡したので、藤島さんも茅野さんもかずみちゃんも覗き込みました。

「岩手のインターフェイス開発？」

近藤《こんどう》、という名前も書いてあります。さて、どなたなのでしょう。

「ここんところ、この辺りをうろついていた野郎なんですけどね。目的はさっぱりわからねぇんですけど、気をつけた方がいいって伝えてください」

＊

常連さんには今日は骨休みすると前からお伝えしていたせいか、カフェも古本屋ものんびりと一日過ごせたようです。留守番に来てくれた方にはちょうど良かったかもしれませんね。

温泉に向かった堀田家の方も、あちこち観光しながら無事に旅館につき、それぞれにのんびり温泉を楽しんでいました。とくにかんなちゃん鈴花ちゃんは初めての温泉でしたからね。露天風呂などを随分楽しんでいました。男風呂と女風呂両方に入っていましたよ。

わたしは残念ながら温泉には入れませんからね。留守番の皆の様子を見ようと帰ってきました。

もう間もなく店を閉めて、晩ご飯の準備をしようと思っていた頃ですよ。古本屋の戸が開いて、どなたかが入ってきました。

「いらっしゃいませ」

帳場に座っていた茅野さんが言います。その裏で本を読みふけっていた藤島さんも顔を上げました。

男の方ですね。年の頃なら三十四、五でしょうか。坊主頭に黒のタートルネックのセーター。ざっくりした感じのジャケットを羽織っています。なかなかに眼光鋭いお方ですけど、大きな段ボール箱を抱えていらっしゃいます。重そうなそれを軽々と運んできて、帳場の前に置きました。

「まだ、ある」

ぶっきらぼうに言って、外へ出ていきました。茅野さんと藤島さんが顔を見合わせます。買い取りの依頼なんでしょうけど。

すぐに戻ってきた男の方、同じような段ボール箱を抱えて入ってきて置きます。

「古本の持ち込みですか？　手伝いましょうか？」

藤島さんが訊きましたが、男の方は無言で首を横に振ります。それを五回も繰り返して、大きな段ボール箱十個が積み上がりました。

「買い取ると、幾らになるか教えてくれないか」

無表情にそう言います。茅野さんの右眼がひょいと上がりました。

「申し訳ないです。間もなく閉店で、しかも主人が留守なんですよ。買い取りの希望は明日まで待ってもらうことになるんですが、よろしいですかね？」

男の方の表情が少し歪《ゆが》みます。

「わかった。明日の何時ならいい？」

「昼には、間違いなく」

男の方は小さく頷くと出ていこうとします。

「あ、待ってください。お名前と住所を」

藤島さんがペンとノートを差し出そうとしましたが、それを無視して一言言います。

「近藤だ。必ず来る」

あっという間に去っていってしまいました。茅野さんと藤島さん、顔を見合わせます。

「近藤と言うと」

二人で、木島さんが置いていったメモを見ました。

「このメモの」

でしょうね、と茅野さんが頷きます。

「この辺をうろついていたと木島さん言ってましたよね」

「言ってましたな。と、すると、この本を持ち込むことが目的だったんでしょうかね」

二人で、うーん、と唸りました。

「ただ古本を持ち込むだけでうろうろする。しかも、岩手の人間って言うのは」

茅野さんが言い、藤島さんがそうですね、と続けました。

「何か余程の複雑な事情があるのか、あるいは」

「あるいは？」

「極度の恥ずかしがり屋かのどっちかでしょうね」

せっかく来てくれたのだからと、かずみちゃんが晩ご飯には白味噌《しろみそ》とチーズを使った特製鍋《なべ》を用意したようです。これはかずみちゃんのオリジナルなんですよ。出し汁にはお酒やワインや少しの醤油《しょうゆ》が、かずみちゃんしかわからない分量で入っていて独特の旨《うま》味《み》があります。

白菜にじゃがいもにほうれん草に人参に大根に沢山の茸《きのこ》と盛り沢山、お豆腐も木綿と絹ごしの両方が入っています。お肉は鶏肉を入れて煮込んでさらに旨味を出し、薄切りの豚肉をさっとくぐらせて食べるようにもします。

「こりゃあすごい」

「美味しそう！」

茅野さんと佳奈さんが笑顔を見せます。鍋の美味しい季節になってきましたね。皆で鍋を囲んで「いただきます」をします。

なんだかおもしろいですね。いつもは我が家の皆が並ぶ座卓に、常連さんたちがいるのですから。

「そういえばかずみさん、ちょっとお訊きしたいことがあったんですけど」

佳奈さんが、鶏肉を美味しい！　と食べた後に、真面目な顔をしました。

「あら何かしら」

「この夏に、映画の撮影場所のキャンセルの騒ぎがありましたよね」

「あぁ、はいはい」

大騒ぎして済みませんでしたね。佳奈さんにも随分ご迷惑を掛けてしまって。ただ映画自体は無事撮影も終えて来年公開に向けて動いているようですよ。勘一が怒鳴ってしまった美術の方ともその後会うことができまして、勘一も向こうの方もお互いに頭を下げ合いました。終わりよければすべて良しですよね。

「その契約不履行で、青さんのギャラもなくなってしまったんでしょう？　逆にかなりのマイナスを被《こうむ》ってしまったらしいと、関係者から噂《うわさ》を聞いたんですけど」

かずみちゃん、あぁ、と苦笑いします。さすがに佳奈さん、詳細を勘一には訊き辛《づら》かったんですね。

「事実なのよ。いくら監督と知人とはいえ、契約の世界だからね。実際損害賠償みたいな形になって確かにマイナスになっちゃったんだけど。それがね、佳奈ちゃん」

「はい」

かずみちゃん、おかしそうに笑って藤島さんを見ました。藤島さんも笑います。

「勘一の我儘《わがまま》で被った損害を救ったのはね、研人だったのよ」

「研人くん？」

佳奈さんと修平さん、茅野さんが驚きました。

「ほら、安藤風一郎のあの曲〈ホームタウン〉。そもそもは研人の作った曲だったたって聞いた？」

「あ、はい。修平さんから」

「風一郎がさ、作曲の名義を研人と一緒にしてね。実は作曲印税が研人のもとに」

ええーっ、と佳奈さん修平さん、驚きながら笑顔になりました。

「それでマイナス分をカバーして、なおかつ、そうね当の研人の将来の学費ぐらいは入ってくる予定なのよ。もう勘一は面目丸つぶれね」

茅野さんが笑って言います。

「しかし堀田さんは、曾孫《ひまご》の才能に大喜びしてるんじゃないですか」

「そうなのよ。でもね、研人ったら『たぶん僕より花陽ちゃんに教育費を使った方がいいよ』なんて言ってね」

「研人くんがですか？」

修平さんも茅野さんも少し驚いて笑っていました。わたしも少し驚きましたよ。あの研人がそんな小憎らしいことを言うようになったんですよね。

まぁ何はともあれ良かったですよ。皆が、研人は将来は間違いなく我南人の後を継ぐロッカーだと話していますけど、どうなのでしょう。それぱっかりはわかりませんよね。

「そうだ。誰なんでしょうね、その近藤って男」

修平さんです。あぁ、と皆が頷いて古本屋の方をちらりと見ました。

「木島さんに詳しく訊こうと思ったんですけど、彼、携帯の番号を変えたようで繋《つな》がらなくて」

藤島さんが、口の中でじゃがいもをほくほくさせながら言いました。

「この〈インターフェイス開発〉っていうのは会社名ですよね？　検索してみましょうか？」

修平さんが言いました。

「いや、してみたんですけどサイトはないようですね。いくつかは引っ掛かったんですが、建設関係であることは間違いないようなんですけど」

やはり新ちゃんが言っていたようなことなんでしょうか。でも新ちゃんから話を聞いたのは勘一と祐円さんと藍子ですね。ここにいるメンバーで知っている人はいません。何も伝えられないこの身がもどかしいですよ。

「悪い、というと失礼ですけど、茅野さんが仕事で相手にされていたような方ではないんですよね？」

佳奈さんが訊くと、茅野さんが頷きます。

「まぁ正直、いやな気色も若干なきにしもあらずって感じでしたね。荒っぽいことをこなしてきたふうには思えました」

「しかし、箱の中身は確かに古本でしたからね」

藤島さんです。一応段ボール箱は開けてみました。勘一に見せるまで触らない方がいいかもしれないということで詳しくは見ませんでしたが、豪華な装幀《そうてい》の古い洋装本がずらりと並んでいましたね。

「少なくとも、読書好きが大事にしていた本ではないと思いますよ」

「そうなのかい？」

かずみちゃんが藤島さんに訊きました。

「俗に言う、〈本棚の飾り〉っぽかったですね。どこかの出版社が出した全集とか特装本とか、そういうのばかりでした」

「金持ちが見栄《みえ》で書斎や応接間に飾るようなやつだね」

「そうですそうです」

茅野さんが豚肉をさっとくぐらせて口にしました。

「木島くんのメモには〈岩手〉とありましたが、かずみさん、何か心当たりはないですか。親類とか縁者とか」

さて、岩手に親類はいないと思いましたよ。かずみちゃんもうーんと、考えます。

「覚えがないねぇ。堀田家は親類の少ない家系でね」

「そうなんですか」

「堀田の方はね。話では江戸時代にこの辺で魚やあさりを売ってた商売人が堀田のご先祖様でね」

「へぇ、あさり売り」

そうなのですよ。わたしもそう聞いています。

「初代の堀田達吉が三宮って財閥の入り婿になったときにも、実は達吉さんはご両親も兄弟もいない天涯孤独の身の上だったとか。どうしてそんな男が財閥に見初《みそ》められたかっていうのがそもそも大きな謎《なぞ》なんだけどねぇ」

かずみちゃんが笑います。堀田のお義父《とう》さま、草平さんもそう言っていましたね。

「子供は草平さんだけで、草平さんの子供は勘一と淑子さんだろ。淑子さんの夫はアメリカ人だし、サチさんは元の家系とは縁が切れてしまった人だし、我南人は一人息子だし、我南人のお嫁さんの秋実さんも養護施設育ちで、ご両親も何もわからない人だったしね」

「そう考えると確かにそうですね。直系のご親戚《しんせき》が少ない」

茅野さんが言い、あぁ、と修平さんが頷きます。

「姉が言ってましたよ。だからおじいちゃん、勘一さんは、人の縁ってものを人一倍大事にしてるんだって。おばあちゃんのサチさんもともとは華族のお嬢さんだったのに没落してしまって家系が途絶えてしまったしって」

「そうそう、勘一はあれで淋しがり屋でね」

笑ってかずみちゃんは言います。皆も微笑みました。

「家族はもちろん、自分の家に集まってくれる人たちをものすごい大事にするのさ。ご近所さんにお節介するのも、自分の家族の一員だと思っているからだろうね」

そうかもしれません。そもそもわたしも、勘一のお節介でこの家に初めて足を踏み入れたのですから。それはとてもとてもありがたくて、心の中が温まるものでしたよ。

「姉が結婚するとき、父が猛反対して、なんとか説得しようとしたんですけど結局勘当《かんどう》みたいな形で結婚したんですよね。それで勘一さん、姉と紺さんの結婚自体は大喜びしてくれたんですけど、勘当同然じゃあ姉にも両親にも申し訳ないってものすごく悩んでくれたんですって。家の前まで来て土下座までしたんですよ」

「本当ですか！」

茅野さんが驚きますが、本当ですよ。あのときはこじれにこじれてしまいました。これ以上粘ってもかえって亜美さんが気の毒だと引いたのですが、勘一も相当悩んでいました。今はすっかり仲直りできて本当に良かったですよ。

「姉は、それが本当に心から嬉しかったって涙ぐんで言ってました。何があっても堀田家の一員として一生暮らしていくんだって、そのとき決心したって」

亜美さん、そんなことを。嬉しいですね。

「あれですね」

藤島さんです。

「堀田家のお節介は移るんでしょうね。このメモも」

木島さんのメモを藤島さんは指差しました。

「きっと木島さんが何かを勝手に調べて来たんですよ。堀田さんに頼まれたわけでもなんでもないのに」

「そうでしょうね」

茅野さんがにこりと微笑みます。

「あら、でも藤島さん言っておくわよ」

「なんでしょう」

「勘一に影響されて人の世話ばっかりしてるとね、どんどん婚期が遅れていくよ。あんたはただでさえそういうタイプなんだから」

藤島さん、勘弁してください、と苦笑いして、皆も笑いました。

四

翌日です。今日もいい秋晴れになりました。

今日も朝から店を開け、カフェには修平さんと佳奈さん、古本屋には茅野さんと藤島さんが並んでいました。

何事もなく朝が過ぎていって十一時を回る頃に、温泉でゆっくり過ごしてきた勘一がお土産《みやげ》を持って帰ってきました。

「いやぁ、済まんかったな。せっかくの休日を潰《つぶ》しちまって」

「いえいえとんでもない。楽しませていただきました」

先に帰ってきたのは我が家の車ですね。勘一に紺、青と花陽に研人です。他の皆はいったん脇坂さんのお宅に寄ったようです。じきに帰ってくるでしょう。

茅野さんと藤島さんを労《ねぎら》う勘一ですが、さっそく段ボール箱に眼を留めました。

「こりゃまた随分仕事してくれたんじゃねぇか」

笑う勘一ですが、茅野さんと藤島さんの微妙な顔を見て、小首を傾《かし》げました。

「わけありか?」

「そのようなんです」

藤島さん、木島さんがやってきたことを勘一に伝えて、メモを渡しました。

「岩手? インターフェイス開発? 近藤?」

一緒に話を聞いていた紺の顔を見ましたが、紺も首を傾げました。

「知らないね。なんだろう」

「それで、その荷物を持ってきたのが近藤と名乗る男なのですよ」

茅野さんが言います。ふぅむ、と勘一はメモを見ながら帳場に腰掛けました。

「紺、ちょいと新の字に電話してみろや。手が空いてるなら来てくれって」

「あいよ」

確か、あの方は昼ぐらいにはまたやってくるはずですね。勘一が段ボール箱を開けてみました。

「ふぅむ」

白手袋をして、一番上に載っていた一冊を手にしました。

「『ノルブリック・ジョースタン世界全集』かよ」

奥付のところを開きました。

「革張りの装幀で、一九一一年の初版、と。初版なのに随分と状態がいいじゃねぇか。しかも背表紙のところだけが多少痩せてやがる」

「本棚のこやしになっていたんじゃないかと思ったんですけどね」

藤島さんに勘一が頷きます。

「そんなところだろうよ。ずっとしまいっ放しだったから表も裏もきれいなもんだけどよ。背表紙だけは晒《さら》されるからな。金持ちの見栄っ張りの品を適当に処分しようってところか。あるいは」

茅野さんを見ます。

「盗難品ってぇことも有り得るかい」

「断言はできませんけどね。普通のサラリーマンでないことは確かですよ」

「てぇことは」

そっと段ボール箱に本を戻します。

「その近藤っててぇ野郎と話をするまでは、迂闊《うかつ》に中身を確かめねぇ方がいいな。何が出てくるかわかりゃしねぇし、最悪の場合警察の旦那方に痛くもねぇ腹を探られたくはねぇからな」

にやりと勘一が笑うと、茅野さんも苦笑いします。そう言えばそんなこともありましたね。

「おっしゃる通りで」

バタン！　と乱暴に扉が開かれて何事かと思えば新ちゃんが飛び込んできました。会社にいらっしゃったのですね。紺の電話で来てくれたのでしょう。

「親父さん！」

「なんでぇ騒がしい」

「いや、それが、今そこに、妙な男達がいましたぜ。こっちに来ます」

「妙な男たち？」

新ちゃん慌てていますね。

「電話で聞いたんですけど、岩手のインターフェイス開発ですって？」

「おお、そうよ。知ってるか？」

新ちゃんが表を気にしながら勘一に駆け寄りました。

「付き合いがあるわけじゃないですけどね。その昔は向こうで相当力を持っていた裏街道のボスが立ち上げた会社って聞いてますよ。ひょっとして、うろついていた奴ってその連中ですか？」

「んなこと言われたって俺にゃわからんぞ。裏街道のボスだぁ？」

茅野さんは首を傾げました。

「そちらの方面は私とは畑違いですから、なんとも言えませんね」

「来ましたぜ」

確かに、屈強な感じの男性が表に立ちました。そっとガラス戸を開けて入ってきましたが、あら、違います。いえ、確かに屈強な男性が三人いらっしゃるのですが、老婦人がお一人その真ん中にいるのです。お三方は老婦人の身体《からだ》を支えるようにしていらっしゃいますよ。

「ごめんくださいませ」

お着物を召した老婦人。朱の鈍色《にびいろ》と言えばいいのでしょうか。非常に上品な秋にぴったりのお着物ですよ。足腰が弱っているのでしょう。隣に立っている男性の方はぴったりと寄り添い支えています。

「いらっしゃいませ」

勘一が言うと、ご婦人、薄い色の大きなサングラスをしていらっしゃいますが、口元で微笑みます。そっと手を上げてサングラスを取りました。すぐさま隣の男性がそれを預かります。

「あぁ」

小さな溜息《ためいき》のような声がご婦人の口から漏れました。さて、どなたでしょうか。かなりのご高齢であることは間違いないのですが。

「堀田勘一さんですね」

「確かに、店主の堀田勘一でございますが」

勘一もご婦人を訝《いぶか》しげに見つめています。誰だかわからないようですね。いつの間にかかずみちゃん、花陽に研人が居間のところにやってきて様子を眺めています。

「あらっ？」

声を上げたのは、かずみちゃんです。後ろから店の方に出て来ました。お知り合いの方でしょうか。ご婦人もかずみちゃんを見て、それから微笑みました。

その笑顔。

わかりました。

「幸子《さちこ》さんね？　幸子さんでしょう！」

「かずみちゃんなの？」

「そうです！」

「あ？」

勘一です。驚いて幸子さんの顔を凝視します。

「幸子って。介山《かいざん》さんところの幸子ちゃんか？　マリアの妹の幸子ちゃんか？」

そこに、また男の方の声が響きました。

「お前たち！」

控えていた男性三人の後ろに、あの近藤さんが立っていますよ。幸子さんがゆっくり振り向きました。

「おばあさん」

「義成《よしなり》さん」

おばあさん。ということは、近藤さんは、幸子さんのお孫さんですか。

何はともあれ、居間の方に上がっていただきました。

「本当に、ご無沙汰しておりました」

「いや、こちらこそ、その節は女房の件でお世話になりっぱなしで」

勘一も頭を下げます。幸子さんの横には近藤さん、そしてその後ろには屈強な男性が三人黙って正座していらっしゃいますが、思い出してしまいますね。あのときも、海坊主さん山坊主さん川坊主さんと、幸子さんのお姉さんのマリアさんを守る厳《いか》つい男性がいらっしゃいました。

「何年ぶりになりますか。もう五十年六十年は経ちますか」

「そうですなぁ、マリアがアメリカに行っちまって、それ以来になりますかな」

幸子さんもそろそろ八十に手が届くかという年齢のはずですね。終戦の年、マリアさん幸子さんのお父さん、介山陣一郎《じんいちろう》さんと一緒にわたしを助けるために動いてくれました。

「あの小さかったかずみちゃんがねぇ」

「こんなおばあさんになってしまいました」

二人が笑い合います。あの頃、まだかずみちゃんは九歳かそこらでしたね。

「するってぇと、岩手の〈インターフェイス開発〉てぇのは」

「はい、かつては〈介山開発〉でした」

「そうでしたかい。こりゃあまったく知らねぇで失礼しました」

幸子さん、少し悲しそうに微笑みます。

「知らないのも無理はありません。あの頃、〈東北の鬼神〉と謳《うた》われた父、介山陣一郎亡き後は衰退する一方の我が家だったのです」

　勘一が顰め面をします。時の流れは残酷ですね。あれほど表に裏に恐れられた介山家が。

「義成は私の孫です。残念ながら父は男の子を生《な》しませんでしたから、私が結婚した夫とともに会社を継いだのです」

「なるほどねぇ」

　それで、と幸子さん、居間に持ち込んできた段ボール箱を見ました。

「実は、心機一転、会社を整理することになりました。我が家も売り払い、何もかも身《み》綺麗《ぎれい》にするつもりだったのですが、孫の義成はどうしてもそれが我慢ならない。お金になるものならなんでも売って、せめて生家だけは守りたいと考えたのですね。これは、父が最後まで残していた蔵書なのですよ」

　義成さん、恥ずかしそうに頭を掻きました。

「面目ない。実は曾祖父《そうそふ》の遺言というか、残した覚書にこちらの名前がありまして」

「ほう」

「死んだ後に蔵書を譲るならここ、と書いてありましてね。さてどんなところかと。どうせなら高く買ってくれないと困る。失敬な話なんですが、しょぼくれた古本屋ならどうしようもないと様子を見に来まして」

　それを、新ちゃんのお仲間さんに見られたのですね。おそらくは建設現場でも顔を合わせたことがあったのでしょう。

「私が、こちらにご迷惑を掛けてはいけないと言っていたのが拙《まず》かったのでしょう。本当に稚拙《ちせつ》な真似事《まねごと》をいたしまして、申し訳ありませんでした」

「いやいやぁ」

勘一が笑います。

「程度の良い古本を持ち込んでくださったんですから、私らにとっちゃあいいお客さんですよ。どうです？　幸子さんさえ良けりゃあ、この場で値付けさせてもらいます。他ならぬ介山さんのためだ。精一杯いい値を付けさせてもらいます」

幸子さん、少し考えて頷きました。

「孫も、我が家のためにしてくれたことですから。お願いしてもよろしいでしょうか」

「承知しました。おい、紺、青」

紺と青が立ち上がって、段ボール箱を開きます。一冊一冊箱から出して、さっそく値付けを始めます。

「あれ？」

本を開いた紺と青が声を上げます。

「なんだこりゃ？」

それを見た勘一も驚きます。本がくり貫《ぬ》かれています。そして中にはガラスの瓶が。

勘一がそれを取り出しました。瓶の中には琥珀色《こはくいろ》の液体が入っていますが、これはスキットルなのでしょうか。

勘一が幸子さんを見ます。幸子さんも義成さんも驚いていますよ。

「まさか」

勘一がガラス瓶の蓋《ふた》を開けて、匂いを嗅ぎました。

「こりゃあ、ウイスキーですな」

「ウイスキー！」

「旨そうな匂いがしていますよ」

勘一が苦笑いします。

「そういえば、介山さんは相当な酒好きで、それで身体を壊したんでしたな」

幸子さん、溜息をつきました。

「まさか、そんなところにお酒を隠していたとは」

なんでも病の床に臥《ふ》せって酒を止められても、どこかから仕入れて飲み続けていたとか。

「おい皆手伝ってくれ。こりゃあ他の本もわからねぇぞ」

皆で全部段ボール箱を開けて、全部の本をチェックして驚きました。三百冊弱ほどのなんと三分の二、二百冊ほどの本がくり貫かれてまして、そこには全部ガラス瓶が仕込まれていたのです。

「これ、たぶん、いろんなしゅるいの whisky はいっていますね。これなんか、England のふるい single malt のかおり、します」

マードックさんが言いました。

「さすが〈東北の鬼神〉ってかい」

勘一も苦笑いです。

「じいちゃん、笑ってられないよ。この本、トバイアス・スモレットの『The Expedition of Humphry Clinker』の初版だよ」

「本当か！」

「高いものなのですか？」

幸子さんが訊きました。勘一が残念そうに言います。

「くり貫かれてなきゃあ、イギリスやアメリカに持っていきゃあ百万出したって買う奴はいるでしょうね」

それぐらいはしますかね。幸子さんも義成さんも肩を落としました。くり貫かれていない本を全部足しても、そう大した金額にならないようですね。勘一の渋い顔がそれを語っています。

「ただいまー」

亜美さんの声が聞こえました。脇坂さんの車に乗っていたメンバーが帰ってきたようですね。

「遅くなってすみません」

　かんなちゃん眠っちゃったのですね。抱っこしたまま亜美さんが居間に入ってきましたが、お客さんに気づいて慌てて挨拶します。すずみさんも鈴花ちゃんを抱っこしたまま居間に顔を出しました。

「あらっ」

　亜美さんです。びっくりした顔をしてますよ。

「どうしたい」

　亜美さんは幸子さんを知らないはずですが。違いますね、亜美さんの視線が座卓の上に向かっています。

「えーと、おじいちゃんすみません。これは何かに使うんですか」

「これって、なんでぇ」

　亜美さんの指がガラス瓶を差しています。

「こりゃあただの酒が入ったガラス瓶、まぁスキットルになるのか？」

「ちょ、ちょっと待ってください。紺ちゃんかんなをお願い」

紺がかんなちゃんを亜美さんの手から受け取って抱っこします。亜美さん、慌てたようにしてそこにあった白手袋をして、ガラス瓶のひとつを手に取りました。ひっくり返したり、光に透かしたりします。

「おじいちゃん」

「おう」

「これ、ラリックのアンティークですよ。スキットルじゃなくて、香水瓶です」

「ラリック？」

聞いたことありますよ。確かルネ・ラリックさん、フランスの有名なガラス工芸家の方ですね。

「美術商の方に来てもらった方がいいです」

亜美さんが真剣な顔をして言って、勘一が驚きました。

「そんな大層なもんか」

亜美さん、今度は眉間《みけん》に皺《しわ》を寄せて頷きます。

「下手したら、この瓶だけで百万円です」

「なにぃ？」

大騒ぎになってしまいましたよ。かんなちゃん鈴花ちゃんが眼を覚ましたら、いくら聞き分けの良い子といっても、こんなきれいなガラス瓶が並んでいたらうずうずして仕方ありませんよね。

慌てて皆で隣の〈藤島ハウス〉のマードックさんのアトリエに持ち込み、そこで知り合いの美術商の方を呼んでしっかり鑑定してもらいました。

「瓢箪《ひょうたん》から駒《こま》ってのはこのことだよな」

勘一が真顔で言い、皆が頷きます。

皆で居間に戻ってきて、お茶を飲んでいました。亜美さんの見立ての通り、あの香水瓶はラリックさんのものだったのですよ。正確な値付けは後ほど書面にしてくれますが、一本九十万ほどになりました。ラリックさんの瓶は合計十本。その他はただのガラス瓶などだったのですが、それでも全部がおそらくはヨーロッパ製のアンティーク。合計の金額を聞いて、幸子さんも義成さんもホッとしていました。なんとか生家は手放さないようにできる算段は取れるようでした。

「全部ラリックじゃなくて良かったですよね。とんでもないことですから」

亜美さんの言葉に皆が笑いました。もしそうなら億の単位ですからね。

「ところで、勘一さん」

幸子さんが言います。

「先程、お店の方におかはし玲さんの本がたくさん整理して置いてあるのを見たのですが」

勘一が、あぁと頷きます。収蔵する予定の品を帳場の後ろに置いておいたものですね。

「お好きですか？　ありゃあ今度記念館ができましてね、そこに置く予定のものでしてね」

勘一が事情を説明すると、幸子さん、そうでしたか、と頷き少し考える仕草をします。

「その記念館には、著作しか置かないのでしょうか」

「と、言いますと？」

「たとえば、絵本の原画のようなものは」

それが、と勘一は渋い顔をします。

「故人には申し訳ねぇが、生前は大して人気にもならないままで、亡くなって三十年でね。絵本の原画はいったいどこにいったやらわかんねぇんですよ。出てくりゃあ記念館のいい目玉になったんですが、どこを探してもなくてね」

幸子さん、我が意を得たりというふうに頷きましたよ。

「実は、あの方の原画、我が家にあるのですが」

「ええっ？」

紺も勘一も驚きます。探してもなかったという原画がですか？

「どうやら父が好きで手に入れたようで、数えたことはありませんが、十枚や二十枚はあると思います。我が家には絵本や童話も揃っています。もしよろしければ、今回のお礼にお持ちくださっても構わないのですが」

「いやそりゃあ」

勘一も紺も喜びます。まさしくこれも瓢箪から駒ですね。

「いただくなんてもったいねぇ。そちらもきちんと買い取らせていただきますよ」

「いえ、とんでもない。我が家はあのラリックで十分に助かりました」

ただで持って行ってください、いやいやそんなと、幸子さんと勘一が言い合っているところに、紺がポン、と手を叩きます。

「幸子さん」

「はい」

「原画を買い取らせていただくのが心苦しいとおっしゃるのなら、もしよろしければ代わりに開館日の棚作りを少しお手伝い願えませんか？」

お手伝いですか？　幸子さんが怪訝《けげん》な顔をします。

「私にできることでしたらなんなりと。けれども生憎《あいにく》とこの身体ですから大したことは」

紺が、にこっと笑って、幸子さんの後ろに控える屈強な方々を見回しました。皆さん、え？　俺たち？　という顔をしましたよ。

「皆さんに、当日の会場のガードをお願いしたいんですが」

「まぁしかし片付いて良かったってもんだ」

幸子さんたちを見送り、じゃあそろそろ私たちも、と、茅野さん藤島さん、修平さんと佳奈さんの帰り際です。

「〈おかはし玲記念館〉の開館イベントもこれでスムーズに行きそうですよね」

子供たちの活躍する場に、少しばかりそぐわない雰囲気の方々も集まりそうなのですが、あの幸子さんの会社の屈強な方々がずらりと並んでいればそうそうおかしなことはできませんよね。いいアイデアだと思いますよ。

しかし、と、茅野さんが残念そうな顔をします。

「古本は惜しいことをしましたねぇ。ものすごいものばかりだったのに」

「まぁなぁ」

珍品ばかりだったとはいえ、くり貫かれた本はどうしようもありません。我が家に保管しておいて、資料にします。そのうちに造本や何かの材料にできることがあるかもしれません。

「やはり慣れないことはするもんじゃありませんね」

茅野さんが言います。

「留守番とはいえ、その帳場に座ったら〈文化文明に関する些事《さじ》諸問題〉に巻き込まれてしまいました」

「ちげぇねえな」

藤島さん、茅野さんの笑い声が響きます。本当にどうもありがとうございました。お疲れさまでしたね。

＊

虫の音が庭から響いてきます。紺が仏間にやってきて、おりんを鳴らして手を合わせてくれました。お話ができますかね。

「ばあちゃん」

「はい、お疲れさまでした」

「温泉は気晴らしになった？」

「入れないのが残念だけどね。雰囲気は十分に堪能《たんのう》させてもらいましたよ」

「幸子さんって、ばあちゃんの昔の名前と同じ名前なんだね」

「字は違うのだけどね。出会ったときは、愛らしくて優しいお嬢さんでしたよ」

「今更だけど、ばあちゃんやじいちゃんたちの人生の深さを思い知るよ」

「深いとか浅いとかじゃないですよ。時代がそういう時代だったというだけ。わたしも勘一も、ただ古本屋稼業を毎日一生懸命やってきただけで、それは今の時代と何も変わりませんよ」

「変わんないかな」

「朝起きて、ご飯を食べて、ちゃんと働いて、ゆっくり休む。わたしも皆と同じことを繰り返してきただけです」

「真っ当に、正直に、人様の役に立てるように商売をしていく、だね」

「その通り。ところでかんなちゃんだけどね。あの子、とても勘が良いみたいだよ」

「そうなの？」

「気をつけて見ててごらん。そのうちにわたしに気づくかもしれないから」

「わかった。あれ？　終わりかな」

紺が微笑んで、おりんを鳴らして手を合わせてくれます。明日も早いからゆっくりおやすみなさい。

世の中はどんどん変わっていきます。確かにわたしや勘一が若い時分を過ごした頃と今は、社会情勢も考え方も価値観もまるで違っています。

それでも、わたしも紺たちも、花陽や研人、鈴花ちゃんかんなちゃんも、同じ国に生まれて同じ空気を吸って同じ言葉を話しているのですよ。日々の暮らしの中で生まれるささいなことで、泣いたり、笑ったり、怒ったり、喜んだりしているのです。

それは同じです。何にも変わっていません。

しっかりと毎日を過ごしていきましょう。それができれば、それだけで十分なんですよ。

㊅　オブ・ラ・ディ　オブ・ラ・ダ

一

雪は辺り一面を真っ白にして、気持ちまで新しくしてしまうようです。南天の赤い実も、雪を被《かぶ》って初めて引き立つような気もしますね。椿《つばき》の花の上に被さる雪の白さの、なんてきれいなことでしょうね。

外は寒いのですが、そういう景色を暖かい家の中の縁側から眺めていると心は静かに落ち着いていきます。冬は寒いばかりじゃなくて、そういう気持ちにさせてくれる季節ですね。

雪が降った朝に、花陽が細竹を持ち出して庭に刺して、先端にミカンをつけておきました。こうしておくと、冬の間エサの少ないツグミやスズメ、オナガといった小鳥たちがついばみにやってくるのですよ。元々はわたしが藍子に教えてあげたのですが、今は花陽がかんなちゃんと鈴花ちゃんに教えてあげています。来年の冬は二人でできますかね。

とはいえ、雪は美しいばかりでもありません。滅多に積もらない雪が積もってしまうと大変です。街中は滑って転ぶ人が出ますし、電車や車もかなり苦労をしますよね。わたしが幼い頃は東京でも雪が積もるのは冬の間にけっこうあったような覚えがあるのですが、近頃は本当に珍しいです。

十二月に入って、師走《しわす》の街は慌ただしさを増しています。クリスマスの飾り付けは毎年どんどん早くから行われていくような気もしますし、年越しの準備も大変です。

何せ古さだけはこの辺りで一番ではないかという堀田家ですから、大掃除だけでも一苦労です。古いものは人一倍気を使ってメンテナンスというものをしてあげないといけませんからね。

煤《すす》を払って、障子を張り替えたり、襖《ふすま》を新しくしたり、畳の古くなったものを張り替えたり、藍子と紺とマードックさんが中心になって、今年はどこをどうするかをいろいろ考えています。あれですね、以前は障子を張り替えるときに研人が嬉々《きき》としてやぶっていたのですが、今年はかんなちゃん鈴花ちゃんが大喜びするでしょう。

でも、普段はやっちゃだめ、と、ちゃんと教えておいてくださいね。

そんな十二月の初め、相変わらず賑《にぎ》やかな堀田家の朝です。

いつものように、かずみちゃんと藍子、マードックさん、そしてすずみさんが朝ご飯の支度をてきぱきと進めています。

白いご飯におみおつけ、里芋の煮っ転がしに白菜と人参《にんじん》の卵とじ、ぶり大根は昨夜《ゆうべ》の残り物にあんかけをしたようです。お豆腐に焼海苔《やきのり》にしば漬け、甘い卵焼きはかんなちゃんと鈴花ちゃんのために作ったのですね。

我南人のワールドツアーも大成功のうちに終わりました。身体《からだ》の調子を崩すこともなく、無事に日本に帰ってこられて良かったですよ。

その我南人、相変わらずの様子で、勘一の正面に座って新聞を読んでいます。玉三郎がその膝《ひざ》の上に乗っていますけど、珍しいですね。いつもは紺の傍《そば》に寄っていくのですが。

座卓の上の準備も整って、皆が揃《そろ》ったところで「いただきます」です。

「今年のサンタさんはぁあ、大忙しだねぇ」

「ゆきで、どうろ、たいへんですね」

「母さん、靴あれ小さいよ、履けない」

「さんたさん、くつしたでしょ」

「かんなちゃん鈴花ちゃん、藤島さん狭いでしょ。そんなにくっつかないの」

「花陽ちゃん、私のブーツ履いてっていいよ。あの茶色のなら学校大丈夫でしょ?」

「あかいの、ほしいな。あかいふく」

「今年は俺にサンタさん、コート持ってきてくれないかなー」

「ふじしまさん」

「だからきのうの夜確認してねって言ったでしょ」

「もおぉ、研人にもサンタさんは来ないねぇえ」

「あ、嬉《うれ》しい。ありがとすずみちゃん」

「かんなちゃん、赤い服ってサンタさんの服のこと?」

「紺さん、後で神保町《じんぼうちょう》まで行くんですよね。送っていきましょうか? スタッドレス履いてるから大丈夫ですよ」

「おとうさんの革の赤いコート昨日クリーニングから戻ってきてたわよ」

「そういえば〈昭爾屋《しょうじや》〉さんが今年も杵《きね》と臼《うす》よろしくねって言ってたよ。掃除しておかないとね」

「けんとくん、ぼくのbootsはいていくといいですよ。sizeおなじだから」

「けんにーちゃんこないの? さんた」

「あ、じゃあお願いしようかな」

「そうだ、私のサンタの衣装で二人のサンタさんの服作りましょうか!」

「ごめんねぇマードックさん」

「サンタさんはねー、子供のところに来るから、けんにーちゃんのところにはもう来ないんだよ」

「今日掃除しておこうか。あれ一度乾かさないとならないから早い方がいいよな」

「旦那《だんな》さん、七味か一味か柚子《ゆず》コショウか持ってきましょうか。お味噌汁《みそしる》に入れるんですよね？」

「かわいそーだね」

「旦那さん？」

　勘一がすずみさんに呼ばれて、顔を上げました。

「うん？　おお粒マスタードな。ありゃあ旨《うま》いからな。持ってきてくれや」

　さすがにおみおつけに粒マスタードは無理がありませんか。皆がちょっとだけ勘一の方を気にしています。

　ぼんやりしたりどこか元気のない様子なのは、淑子さんのことが頭にあるからでしょう。

　つい先日、東京の病院に入院したと連絡があったのです。慌てて駆けつけて面会してきたのですが、もう話もできないほどに衰弱していました。考えたくないことなのですが、心の準備だけはしておいてくださいとお医者様に言われたのです。

勘一にしてみれば、たった一人の妹です。確かに再会したときから病気のことは覚悟していたものの、その心中は複雑でしょう。

けれども、どんなことがあろうとも店を閉めたりしないのが〈東京バンドワゴン〉です。淑子さんにも以前に言われていましたからね。自分のために生活を変えるようなことはしないでくれと。

しっかりご飯を食べて、今日も元気に、カフェも古本屋も開店です。

そうそう、藤島さんが三週間ほど前から〈藤島ハウス〉の自分の部屋に住んでいるのですよ。なんでも今まで住んでいたマンションを改装しているとかで、その間こちらに住むそうです。

それで、せっかく隣にいるのだから一緒に朝ご飯を食べましょうということになったのです。何故《なぜ》か藤島さんが大好きなかんなちゃん鈴花ちゃんが大喜びしていましたよ。

今朝《けさ》は随分気温が下がっています。昨日の夜に降って積もった雪が融《と》けていないのですよ。花陽も研人もしっかりと着込んで、そして二人とも靴を借りて学校です。いつものように鈴花ちゃんとかんなちゃんが玄関でお見送りです。

アキとサチも嬉しそうに尻尾《しっぽ》を振って玄関まで飛び出していきました。藤島さんも手袋をして犬のリードを持ち出します。犬好きの藤島さん、朝ご飯をご馳走《ちそう》になるのだからと犬の散歩を買って出てくれるのです。本人がぜひやりたいというのですから遠慮なくお願いしました。一人暮らしですから、犬を飼いたくてもなかなか飼えないのだと言ってましたよ。

「行ってきまーす」

研人と花陽、そして藤島さんとアキとサチが玄関から出ていきます。中学校まで歩いて戻ってくるとちょうどいい散歩コースですよ。たまにはわたしもご一緒してみましょうか。

アキとサチは大変人懐こい犬でして、吠《ほ》えるということをほとんどしませんし、誰が寄ってきても嬉しそうに愛想良く尻尾を振ります。正直番犬にはあまり向いていないのですよ。

「そういえば修平おじさん、藤島さんの会社でバイトしてるの？」

花陽が訊《き》きました。

「そう、頑張ってくれてるよ」

「うちの身内だからって甘やかしたらダメだよ」

研人はなかなか厳しいことを言いますね。藤島さんが苦笑いします。

「大丈夫。彼はあれでなかなか優秀な研究者なんだよ。むしろバイトじゃなくて正社員で入ってもらいたいぐらい」

「へー」

「研人くんはバンドの方はどうだい」

研人が肩を竦《すく》めます。どこでそんな仕草を覚えたんでしょう。マードックさんの影響でしょうか。入学時に切った髪の毛もすっかり伸びてしまってまたふわふわのくるくるの髪形になってしまいましたね。

「ドラムやってる奴《やつ》がいなくてさー。今、一生懸命友達をくどいてるところ」

花陽は藍子譲りのまっすぐな長い黒髪を後ろで縛っています。ポニーテールというものですね。それを揺らして、研人の肩をこづきました。

「研人ね藤島さん、放課後に大きな音を出しすぎて先生に怒られたんだよ。それを紺ちゃんや亜美ちゃんに言ってないでしょ」

「いいじゃん言わなくてもそれぐらい」

藤島さんが可笑《おか》しそうに微笑《ほほえ》みます。花陽はいよいよ受験が近くなってきて、毎日毎日塾通いで大変ですね。家でも部屋に籠《こも》っていますからいるのかいないのかわからないぐらいです。身体に気をつけて頑張ってほしいですよ。

「そうだ花陽ちゃん」

「はい」

「うちの社員に、花陽ちゃんの行きたい大学を出て今年入社したのがいるんだ。受験のときに使っていた参考書や問題集がそっくり残っているっていうんだけど、将来の何かの足しになるかどうか持ってきてもらおうか？」

「あ！　嬉しい。お願いします」

にっこりと微笑んで藤島さんを見る花陽ですが、その仕草や表情がますます藍子に似てきましたが、いえ、こうして見ると瓜二《うりふた》つかもしれません。後ろ姿などあの頃の藍子そのものです。

「あれ、木島さんだ」

研人が前の方を指差しました。スーツにコート姿の木島さんがこっちに向かって歩いてきますね。気づいて軽く手を振りました。

「おはようございます。社長」

「おはようございます」

木島さん、いつまでも藤島さんを社長と呼びますね。まぁ自分の会社の社長ではありませんが、間違いではありませんから。

「朝から取材ですか」

藤島さんに木島さんが頷《うなず》きます。

「木島さん、髪切った」

研人が言います。

「おう、そうなんだ」

随分さっぱりしましたよね。印象がまるで違います。

「最近はちょいと上品な連中を相手にすることも多くてな。こざっぱり見せねぇと煩《うるさ》くてな」

そいじゃまた、と忙しそうに手を振り木島さんが歩いていきます。中学校もすぐそこです。わたしもそろそろ家に戻りましょうか。

歩いていた木島さんが、ふと立ち止まり、振り向いて花陽たちの方を見ました。立ち止まって、それからゆっくり動いて街路樹の陰に隠れるようにしましたよ。どうしましたか、さっきの柔らかな表情から一変して難しい顔になっていますね。

眉間《みけん》に皺《しわ》を寄せて、じっと向こうを見ています。胸ポケットから手帳を取り出して何かメモしてすぐに仕舞いました。何か疑問を感じたように首を一、二度振り、また歩きはじめます。

さて、何かありましたかね。わたしには何もわかりませんでしたが。

店ではいつもと変わりなく、帳場に勘一がどっかと座り、祐円さんと大笑いしながら話していました。二人合わせて百六十歳を越えるというのにこの二人は相変わらず元気ですね。

「おう、新の字」

カフェの方から新ちゃんがコーヒーのマグカップを手にやってきました。

「なんだお前最近暇なのか。よくうろついてんな」

祐円さんが訊きました。

「失礼だなぁ、暇じゃないですよ。俺は最近は管理の方をメインでやってるんで外回りが多いんですよ」

建設会社の社長さんの新ちゃんですが、この不況で経営はなかなか厳しいようですね。それでも身体に似合わず細やかな神経の持ち主の新ちゃん、目端が利くのでしょうね。マンション管理の仕事も以前からやっていて、そちらは大忙しのようですよ。

「そういや出所者を受け入れてる方はどうなんだ」

「まぁ世間様で言われてるほど順調じゃないですよ。何せこの不況ですからね。うちの本業の建設現場で働いてもらおうったって肝心の現場がない」

「だろうな」

「でもまぁマンション管理の仕事は清掃作業や補修作業と、かなりあれこれ多岐に渡ってありますからね。そちらの方でなんとか頑張ってもらおうかなと」

ただでさえ就職が難しいこの時期ですからね。なかなか大変そうです。

「ところで藤島社長は？」

新ちゃんが居間を覗《のぞ》きながら訊きました。

「犬の散歩に行ってるぞ。もう帰ってくるだろ。なんか用か」

「いや、こないだね。〈藤島ハウス〉の管理点検を請け負ってくれないかと頼まれたもんで」

へぇ、と祐円さんです。

「そりゃ商売繁盛でいいじゃねぇか。近所だしな」

「あそこにゃうちの連中しかいねぇからな。入居者に煩く言われることもねぇし」

「まったくで。そのうちに管理人も置きたいって言ってましたね」

そうですか。そういえば玄関脇に管理人室はありますけど、まだ無人ですからね。

「んなもん、勘一がボケちまったら管理人室に放り込んどきゃいいんだよ」

「その台詞《せりふ》そっくりそのままてめぇに返すぜ」

騒いでいるところに、我南人が顔を出しました。

「あれぇえ新ちゃん、来てたのぉ」

「おお、がなっちゃん。ちょうどいいや。話あんだけどさ」

「なぁにぃい」

新ちゃんが我南人の背中を押して居間に入っていきました。朝から賑やかで元気な会話ですが、全員六十歳以上というのが、日本の高齢化社会を示しているのでしょうか。

「ところで、勘さんよ」

「なんでぇ」

祐円さんが、少し真面目《まじめ》な顔になりました。

「淑子ちゃん、どうだ」

勘一が唇をへの字にします。わたしは生きてる間に淑子さんにお会いできなかったのですが、勘一の幼馴染《おさなじ》みである祐円さんはよくご存知ですよね。小さい頃にはよく一緒に遊んでいたそうです。

「もう誤魔化《ごまか》してもしょうがねぇからな。いつでも葬式に行けるようにしといてくれや」

「そうかよ」

祐円さん、小さく息を吐きます。

「ま、俺らはよ、長生きしちまって、見送ることにかけちゃあプロみたいなもんだ。なぁ」

「おう、まぁな」

バンバン、と祐円さん、勘一の背中を叩《たた》きます。

「しけた顔してんじゃねぇぞ。あの世でサチさんも言ってるぞ」

ここに居るんですけどね。神主さんなのにわからないのが不思議といつも思うんですが、わたしみたいなのは神社には関係ないのでしょうかね。

夕方になりました。脇坂さんご夫妻が来られていて、奥様はかんなちゃん鈴花ちゃんと一緒に二階の廊下で子供向けのビデオを観《み》ていますよ。亜美さんはそんなにちょくちょく来られても困るでしょと少し怒ってますけど、子供の面倒を見てもらえるのは大助かりですよね。

それで、すずみさんと亜美さんと藍子が買い物に出かけています。カフェは青とマードックさんの男同士です。勘一は帳場に座り、居間の座卓では我南人と脇坂さんがお茶を飲んでお話ししています。

一度はこじれてしまったこの二人ですが、今はすっかり仲良しですよね。脇坂さんは我南人がワールドツアー中に撮った写真を見て、いろいろ感心しています。

その中の一枚を見て、脇坂さんが言います。

「我南人さん」

「なぁにぃ」

「まぁ私が口出しすることじゃあないので、単なる好奇心なんですけどね」

「うん」

「池沢さんは、どうなさるんでしょうね今後」

あぁ、その件ですか。気を煩《わずら》わせてしまってすみませんね。そういえば写真にはワールドツアーに同行した池沢さんが写っています。高名な女優という肩書きも海外に行ってしまえばなくなります。池沢さん、普段は見せない、楽しそうな笑顔で写っていますよ。

「そうだねぇえ、どうするのかなぁ」

本当に他人事《ひとごと》のように言いますねこの男は。脇坂さん、二階から響く楽しそうなかんなちゃん鈴花ちゃんの声に、微笑んで言いました。

「池沢さんにとって、鈴花ちゃんは可愛い孫でしょう。鈴花ちゃんももう二歳になっていろんなことがわかるようになってきました。おばあちゃん、と呼ばせてあげたいなどと、私は思うんですが」

そうですよ。池沢さん、相変わらず青を捨てた自分はそんな立場にないと言っているようですが、青は池沢さんと我南人の息子。そうして鈴花ちゃんは孫です。百日のお祝いや、誕生日にクリスマスプレゼントと、いつも目立たぬように我南人を通じて届けてくれていいます。きっと、鈴花ちゃんを抱っこしたいと思っていますよ。

「うん、わかってるんだぁあ」

我南人が力の抜けた声を出します。

「でもぉ、僕がぁ言ってもしょうがないことだからねぇえ。彼女自身がぁ納得しないとぉ」

以前、池沢さんは〈藤島ハウス〉に入居できないかと言ってましたよね。それは、青もまったく問題ないと言ってました。つまり我が家としてはいつでも池沢さんを受け入れる気持ちはあるということはお伝えしたのですが、ツアーもあり、まだそのままになっています。

池沢さんはお礼を言っていたそうですよ。ありがたいと涙を浮かべていたそうです。

「まぁなるようになるよぉ。ありがとうねぇ」

二

土曜日です。

朝から研人はエレキギターを片手に葉山の龍哉さんのところへ出掛けていきました。

ここのところ、一月に二、三度はお邪魔しています。向こうもお忙しいのに迷惑ではと亜美さんが恐縮しているのですが、本人から歓迎ですよと言われています。

我南人が言うには、龍哉さんのスタジオは個人所有のスタジオとしてはピカイチだということです。集まってくるミュージシャンたちも良い感性の持ち主ばかりだから安心と言ってますが、そういうものですか。本人も交通費はお小遣いから出していますし、最近は新聞配達をやろうかと言ってるのですよ。高校生の頃から我が家にずっと新聞を配達している彰太《しょうた》さんにいろいろ経験談を訊いてましたよね。自分の欲しいものは自分で稼ぐという気持ちを持っているというのは、いいことですよね。

花陽は朝ご飯を済ませると、藤島さんと一緒に犬の散歩に出ていきました。アキのリードは花陽が、サチのリードは藤島さんが持っていきましたよ。

勘一が帳場で、玄関から響く「行ってきまーす」の声を聞いて渋い顔をしています。本棚の整理をしながらそれを見てすずみさん、笑ってますよ。

「旦那さん」

「なんでぇ」

「いちいち心配しなくても大丈夫ですって。花陽ちゃん、藤島さんのことはいいお兄さんとしか思ってませんから」

勘一が仏頂面をします。そこに藍子がお茶を持ってきまして、何の話かと聞いてます。

「わかんのかよ、すずみちゃんは」

「花陽ちゃん、小さい頃からお義父《とう》さんやお義兄《にい》さんや青ちゃんや研人くんと、男ばっかりに囲まれて育ってきたじゃないですか」

「おう」

「あ、旦那さんも含めて」

「おう」

「それで、ある意味みんな個性的じゃないですか」

「ある意味な」

一応すずみさん遠慮して言ってますけど、ほぼおかしな連中ばかりですよね。

「藤島さんみたいに、優しくて紳士で真面目でしかもお金持ちでイケメンなんていうお兄さんに憧《あこが》れてたんですよ。それ以上の気持ちはないですよ」

勘一がぎょろりとすずみさんを見ました。すずみさん、どん、と自分の胸を叩きます。

「大丈夫、保証します。これでも花陽ちゃんの実の姉ですから」

母親が違うとはいえ、確かに血の繋《つな》がった姉妹ですからね。

「堀田の男は頑固でわがままで偏屈で貧乏に慣れた男ばかりだものね。青だけはイケメンで藤島さんに対抗できるけど」

藍子が笑って言ってカフェに戻っていきました。勘一が、ふん、と頷いてお茶を啜《すす》ります。事実だからしょうがないですね。

すずみさんが久しぶりに本棚の整理をしていました。紺と青は離れの部屋で、かんなちゃん鈴花ちゃんのお相手をしながら大掃除を少しずつやっています。かずみちゃんも手伝っています。

何せこの鈴花ちゃんかんなちゃん、ばらばらに過ごすことをまったくしません。いつでも一緒じゃないと気が済まないのですよ。御近所では双子と思っている方もいると思いますよ。着るものも何もかも、同じでないと嫌がるので亜美さんとすずみさんが話し合って同じものを買うようにしています。

「いらっしゃいませ」

若い女性がお店にいらっしゃいました。すずみさんがちらっと見て本棚の整理を続けます。勘一もじろりと見た後は読んでいる本に眼を戻しました。常連の方ではないですね。お幾つぐらいでしょうか。三十半ばぐらいですかね。眼鏡《めがね》を掛けていらして背は低めです。毛糸の帽子が可愛らしいですよ。

本棚を見つめ、一冊手に取り開いてみてまた戻します。もちろん古本屋に来られるのですから本好きの方ばかりですが、慣れている方とそうでない方はすぐにわかります。この方は本を手に取ることが空気のように身体に馴染んでいますよ。

すずみさんが手を止め、女性をまた見ました。少し考えるような顔をしてまた作業に戻ります。お客様は三十分もいたでしょうか。ぐるりと店内を見て歩いて、帳場に向かってちょっとお辞儀をして出ていかれました。

「旦那さん、今の人」

「うん？」

勘一が顔を上げました。

「見覚えありました？」

「いいや？　冷やかしだろ。様子を見に来たって感じだったぜ」

そこに、からん、と土鈴《どれい》の音がして、開いた戸から入ってきたのは木島さんです。

「どうも」

「よぉ、木島か」

コートの裾《すそ》を翻《ひるがえ》して木島さん、外の様子を窺《うかが》うようにして帳場に近づいてきました。

「堀田さん、いきなりなんですがね」

「おう」

「藤島社長は」

土曜日ですが犬の散歩の後に出勤していきましたよね。社長さんは忙しいのでしょう。

そう言うと木島さん、頷いて続けます。

「藤島社長に、最近変わったことはありませんでしたかね」

木島さんの眉間に皺が寄っていますね。何事でしょうか。

「藤島に？」

勘一とすずみさんが顔を見合わせます。

「いや、特には。なぁ？」

「ええ、少なくとも私たちがわかる範囲では」

木島さんが小さく頷きます。

「さっき出てった女は」

あら、あの方が何か。

「ただの冷やかしの客だが？」

「常連ではないんですね？」

「違うな。少なくとも俺ぁ初めて見た顔だ」

ふぅむ、と木島さんが顎《あご》に手をやりました。

「なんだってんだよ。どうもおめぇが現れるときはろくな話にならねぇな」

「巡り合わせなんでしょうねぇ」

「まぁいいから座って話せ。落ち着かねぇから」

木島さん、言われた通りに丸椅子《まるいす》に座ります。すずみさんも帳場の端に腰掛けました。

「まぁ偶然っていうか、この俺の優秀な記者のアンテナに引っ掛かってきたんですがね」

「おめぇが優秀なのはわかったから言いな」

「藤島社長、ストーキングされてますぜ」

「あぁ？」

ストーカーですか？

「それがよくわかんねぇ複雑な感じでね。藤島社長をつけ回しているのが二人いるんですよ」

「二人」

木島さん、メモ帳を出してぺらぺらとめくります。

「一人は男なんです。年の頃なら五十絡み、老けて見えるとして四十半ば。背は一七五センチ程度の痩《や》せ気味、短髪で白髪交じり、一見穏やかな雰囲気の中年男性。着ているものは極めて質素で地味。職業はその外見からでは推測できず。ただ、全体的に知的な印象は受ける」

勘一とすずみさんが感心したように頷きます。さすが優秀な記者さんですね。

「ヤサまでは確認できてねぇんですがね。おそらくはこの近所、あるいは一駅の範囲にはいると思われますね」

「そいつが藤島の後をつけ回してんのか」

「つけ回すと言うよりは、監視してるって感じですかね」

ふぅむ、と勘一が腕組みします。

「それで？　もう一人ってのは」

「それが、さっき出てった女なんですよ。年齢は二十代後半から三十代前半、ご覧になったように身長は一五〇センチ台の中肉中背。おそらくは職業を持って自分で自由になる金を持ったご婦人、その証拠に着ている服はそれなりに流行《はや》りの良いもの。左手の薬指に指輪があったので独身ではないでしょうけど、少なくともストーカーできるぐらいですから自由になる時間はある」

「成程《なるほど》」

「で、この女もヤサが確認できていませんが、近所に住んでいるはずなんで」

すずみさんはじっと話を聞いていますが、小首を傾《かし》げました。

「その二人が、別々に藤島をストーカーしてるってか」

「そこがおかしな話でしてね。いつも、女が前に出て、その後ろに男がいるんで」

勘一も首を傾げます。

「わけがわからんな」

「最初に気づいたのは、藤島社長が犬の散歩をしているときですよ。偶然すれ違ったときにあれっ？　と思いましてね。後をつけているその二人を、俺が前にも見ていたんですよ。そんときは何とも思ってなかったんですが」

「確認したら、後をつけてるのは確実だってか」

「その通りで」

勘一も眉間に皺を寄せました。

「まぁわかった。藤島が帰ってきたら訊いとくか」

「ついでに言っといてください。俺が二人の名前かヤサの情報を仕入れるまでは気づかないフリをしてくださいって」

そこですずみさんが軽く手を上げました。

「あのですね、木島さん」

「はいよ」

「少なくとも、あの女性の名前はわかりますよ」

あら、知ってるのですか。

「誰でぇ、常連じゃねぇだろ」

「違います。作家さんです」

作家さんですか。

「小説家の中澤《なかざわ》めぐみさん。間違いないと思います」

＊

物騒な話を子供の前ではできませんし、藤島さんは晩ご飯をうちで食べるわけではありませんからね。すずみさんがメールをして、その夜に〈はる〉さんで会うことになりました。

たまにはお母さんに休憩してもらおうと、勘一とすずみさんと亜美さんでやってきました。かんなちゃん鈴花ちゃんはお父さんが寝かしつけてますよ。

〈はる〉さんの暖簾《のれん》をくぐって、格子の戸をからからと開きます。暖かい空気が中から流れてきて、コウさんの声がします。

「いらっしゃいませ」

あら、真奈美さんがいませんね。コウさんがにこりと笑って奥を指差したので、おトイレに行っているのでしょう。藤島さんはもうカウンターに座っていました。

カウンターにもう一人座っているのは新ちゃんですね。軽く手を振って挨拶《あいさつ》します。あまり人には聞かせたくない話をしますが、新ちゃんなら大丈夫でしょう。

「待ったか」

勘一が藤島さんの隣に座ります。そこで真奈美さんが奥から出て来ました。

「あーごめんなさい。いらっしゃいませ」

紺色の着物がきれいですね。最近、真奈美さんは少し色の好みが変わってきましたか。おかみさんとしての貫禄《かんろく》が出て来ましたかね。

「真奈美さん、痩せましたか？」

すずみさんが訊くと、真奈美さん、おどけて眼を丸くしました。

「だといいんだけどぉ」

「体調悪いんじゃないの？　少し顔色も悪いけど」

亜美さんが言うと真奈美さん首を振ります。

「きっと着物の色のせいよ」

「はい、お通しです。凍豆腐《しみどうふ》の田楽風です。お好みで七味をどうぞ」

あら、美味《おい》しそうですね。七味をどうぞと言うと必ず勘一はかけすぎます。失礼ですよね。

少し熱めの燗《かん》をつけてもらって、皆で軽く乾杯します。我が家では男性陣よりむしろ女性陣の方がお酒が強いですね。すずみさんも亜美さんも美味しそうにお猪口《ちょこ》を傾けました。

「それで、話とはなんでしょう」

おう、と勘一が答えます。すずみさんが訊きました。

「藤島さん、中澤めぐみっていう小説家を知ってます？」

「中澤めぐみ、ですか。知ってますよ。良い小説を書く人ですよね」

藤島さん軽く答えます。

「いや、知ってるってぇのは、知り合いかってことよ」

勘一が言いました。藤島さん、きょとんとして首を横に振ります。

「いえいえ、そういう意味なら知りませんせん。会ったことも話したこともないですよ」

「そうかよ」

不思議そうな顔をして藤島さん、お猪口をくいっと傾けます。

「どうかしたんですか？」

「実は、木島がな」

藤島さんがその作家さんにストーカーされているのを見つけたと話をすると、藤島さん眉間に皺が寄りました。真奈美さんも、まぁ、と口に手を当ててます。

「しかもよ、その作家さんだけじゃなくて、中年の男にもおめぇ、つけられてるってよ」

さらに木島さんから聞かされた話を続けると、藤島さん、軽く両手を上げました。

「全然気づきませんでした。木島さんが言うのなら本当でしょうね」

「だろうよ。あいつぁ確かに優秀な記者だからな」

「そんなことされる覚えはまったくないのよね？」

亜美さんが訊くと、頷きます。

「これっぽっちも」

「どういう状況なの？　二人に別々にストーカーされるって」

真奈美さんが言います。

「案外、昔捨てた女とか」

「いえいえ」

畳み込む亜美さんに、苦笑いして首を横に振ります。

「何度も言いますけど、僕も青くんと同じで誤解されがちですが、そんなようなことは全然ありません」

すずみさんが、お通しを口に運んでから言います。

「本名はですね、平井恵《ひらいめぐみ》さんっていうらしいですよ。本名というか旧姓ですね。結婚してから作家さんになられたみたいです」

それほど世間様に認知されているというわけではありませんが、流れるような文体で、静謐《せいひつ》で、かつ力のある作品を書く作家として定評があるようですね。すずみさんも好きだと言ってました。

「平井さんですか」

藤島さん、頭の中でその名前を繰り返すように考え込みます。

「うーん、まぁ平井という仕事上の知り合いは何人かいますが」

亜美さんがふいに動いて、ポーチの中から携帯電話を取り出しました。

「あ、紺ちゃんからメールです。木島さんからメールが来たって」

「なんてメールだ」

「ちょっと待ってくださいね。藤島さんの後をつけていた男の方の写真を撮ったらしいです。それが送られてきて」

はい、これです、と亜美さんが携帯電話のディスプレイを皆に向けました。藤島さんが覗き込んで顔を顰《しか》めます。

「どうだ、知ってる男か」

そこに写っていたのは、確かに木島さんが言っていた通りの男性ですね。痩せ気味で短髪で白髪交じりで、穏やかな雰囲気の中年男性です。黒縁の眼鏡を掛けています。

「うーん」

また藤島さん唸《うな》ります。

「わからないですけど」

「けど？」

首を捻《ひね》りました。

「どこかで見たような気もしますがはっきりしません」

新ちゃんが立ち上がりました。

「親父《おやじ》さん、ちょいといいですか」

「おう、どうした」

「部外者が顔突っ込んですみませんがね」

「構わねぇぞ」

新ちゃんが眼を細めて、亜美さんの携帯電話を見つめました。

「あぁ？」

声を上げます。

「知ってるのか」

新ちゃん、慌てています。

「こいつが、藤島社長をストーカーしていたっていうんですかい」

「そのようだがな」

新ちゃん、首を傾げて頭を掻《か》きました。

「なんかの間違いじゃないですかね。この男、うちで雇っている男ですよ」

皆が驚きました。

「それ、本当？　新さん」

真奈美さんが訊きます。

「普段は眼鏡は掛けてませんけどね。眼鏡を外せば、うん、間違いない」

「雇っているってのは、昔からか」

「いえ、二ヶ月ぐらい前からですかね。ほら、例の出所者を受け入れるってやつで」

あら、とするとこの方は。

「なんかやらかして出て来た男なのか」

新ちゃん、口をへの字にして頷きます。

「いやしかし、ちゃんとした男ですよ。俺も何度も面接したので、そこは保証します。ストーカーなんて、ましてや男の藤島さんをね」

藤島さんの表情が変わりました。

「名前は、何というんですか」

「高木宏《たかぎひろし》」

高木さん。藤島さんはその名を繰り返しました。さらに急に表情が険しくなりました。勘一がその様子を見て、ぱかりと口を開けました。

「藤島、その男」

どなたでしたか。ちょっと覚えがないのですが。藤島さん、ゆっくりと頷きます。

「間違いないです。高木宏」

「誰なの？」

真奈美さんが訊きます。藤島さん、咽《のど》から振り絞るような声を出しました。

「姉を、殺した男です」

皆が、はっ、と息を呑《の》みました。そうでした、思い出しました。勘一が、顰め面をします。

「え？」

新ちゃんはまったく事情を知りませんね。そして、うちの女性陣も詳しいことは知りません。

もう二年も前ですね。出所してくる高木さんを藤島さんが殺そうと思っていたのを、永坂さんに頼まれて止めたのです。その後、藤島さんのお姉さんは実は自殺したんだという事実だけはなんとなく皆が知りましたが、その顚末《てんまつ》までは。

「こりゃあ」

勘一が頭を掻きました。

「とんだ話になっちまったな。河岸《かし》を変えるか藤島」

どうでしょう。藤島さんにしてみれば既に知っている勘一はともかくも、皆には知られたくない出来事ですよね。

「いえ」

藤島さんがそう言って大きく息を吐きました。

「そういう時期に来たんでしょう。皆さんに知ってもらっても構いません」

「そうかよ」

勘一が皆に教えてあげました。五つ上の藤島さんのお姉さん、藤島麻里《まり》さんは、高校生のときに担任の先生と心中したのです。けれども、その担任の先生の高木宏さんだけが生き残ってしまったのです。

高木さんはすべて自分の罪だとして、長い長い刑期を勤めあげたのですよ。

「そういう事情だったんですか」

新ちゃんはもちろん、高木さんがどういう罪で服役していたかは知っていましたが、事情まではわかりませんよね。

「何かすみません。暗い話になってしまって」

「いや、こっちこそ申し訳ない」

「けれども」

藤島さんが少し明るく言いました。

「誤解というか、殺したいと思っていた気持ちは消えました。それはもう大丈夫です。でも、どうして高木さんが僕の後をつけていたのかは」

「そうよな」

そこはさっぱりわかりません。

「しかも、作家の中澤さんもなのよね」

何がどうなっているのか。

「まぁしょうがねぇ。こうなったら本人たちに確かめるしかねぇさ」

三

日曜日です。今日も良く晴れましたが、こんなふうに晴れた冬の日は余計に気温が下がることがあります。

庭に苔生《こけむ》した小さな庭石がありまして、そこにはいつも雨水が溜《た》まった水溜まりがあるのですが、今朝はかなり分厚い氷が張っていました。研人がきれいにそれを取ると、鈴花ちゃんかんなちゃんが大喜びしていました。

今朝も藤島さんは我が家で朝ご飯を食べました。昨夜は少々気が滅入《めい》ることがわかったのですが、そんな様子は微塵《みじん》も見せません。明るい顔で花陽や研人に接し、またかんなちゃん鈴花ちゃんに挟まれてご飯を食べていました。

「藤島さん、もう向こうのマンション売ってこっちに住めばいいじゃん」

研人にそう言われて藤島さんは苦笑いしていました。

藤島さんはお休みですが、我が家は日曜日も営業です。藤島さんはいつものようにアキとサチの散歩に出掛けてくれました。おそらく今日もストーカーされるのではないかということで、後から勘一がそっとついていくことになりました。高木さんは、新ちゃんがそれとなく見張っていてくれます。

一応、歴史のある古本屋ですから、出版社への繋がりがないこともないのです。贔屓《ひいき》にしてくださる編集者さんもいますし、現役の作家で常連の方もいらっしゃいます。

ですから、中澤めぐみさんの住所や連絡先を調べることもできないことはないのですが、まさか一面識もない作家の方を呼びつけるわけにもいきません。現場を押さえて、訊いてみるのがいちばん手っ取り早いだろうということになりました。

紺や青が、後をつけていくと言ったのですが、勘一は藤島さんが隠していたことをあの場で皆に知られてしまったことをちょっと気にしているのでしょうね。自分が行くと言ってききませんでした。まぁ普通に歩いての散歩ですから、勘一にもいい運動になるでしょう。わたしも一緒に行ってみましょうね。

アキのリードは花陽が、サチのリードは藤島さんが持っています。いつものように、中学校へ向かうコースです。この途中には公園があって、お休みの日にはそこに寄るようにしています。

あぁ、いらっしゃいました。女性の方が後ろにいます。わたしも顔写真を拝見しましたが確かに中澤めぐみさんです。そうして、その後ろにはやっぱり男の方がいました。高木さんなのでしょう。さらにその後ろに勘一と新ちゃんがいますね。なんだか大層なことになっていますよ。

花陽と藤島さんは、さりげなく普通に散歩を続けています。藤島さんが携帯電話をいじっていますが、あれは新ちゃんからメールでも来たのでしょうか。

花陽と藤島さん、公園の中に入っていきました。中澤さんが遠くから眺めています。その中澤さんから少し離れて、高木さんが見つめています。

距離が縮まらないからでしょう。勘一と新ちゃんが頷き合って、高木さんに近づいていきました。

「高木さん」

新ちゃんが後ろから肩を叩きます。高木さん、少し驚いたように振り返りました。

「あぁ、社長」

勘一を見て怪訝《けげん》な顔をしましたが、笑みを作りました。

「朝早く、散歩ですか」

高木さん、冷静な方のようですね。新ちゃんに訊きました。新ちゃんはそれに答えずに、公園の方を見遣《みや》ってから言います。

「高木さん、なんで藤島社長の後をつけているんだい？」

さすがに驚いたようです。

「どうして、それを」

「まぁ話は後だ。済まねぇがちょいと付き合ってくれよ」

勘一が歩き出します。新ちゃんは高木さんの腕を軽く摑《つか》んでそれに続きました。新ちゃんに摑まれたら誰も動けませんよ。高木さん、どうしようもなく歩き出しました。

「お嬢さん」

勘一が後ろから、中澤さんに声を掛けると、びくん！　と飛び上がりました。

「小説家の、中澤めぐみさんかい」

にっこり笑って勘一が訊きました。中澤さん、驚いたようですが、ファンの方とでも思ったのでしょうか。慌てて笑顔を作りました。

「あ、はい、そうです」

勘一は笑顔を作ったまま、ひょいと公園にいる藤島さんを指差しました。

「俺ぁ堀田勘一といってね、あそこにいる藤島てぇ男の友人なんだが。あんた、どうしてあいつの後をつけているんだい？」

「え？」

動揺して、後退《あとずさ》りしています。わかりやすい性格の方のようですね。

「しらばっくれても駄目だよお嬢さん。あんたがここんところしばらく藤島の後をつけて歩いてるのは、調べがついているんだ。悪いようにはしねぇからよ。理由を教えてくれないかね」

そこに、藤島さんと花陽が走って戻ってきました。

「大《おお》じいちゃん」

花陽が勘一を呼びます。それに中澤さんはものすごい勢いで反応しました。

「大じいちゃん？」

「うん？」

勘一が答えます。

「確かに、この娘は俺の曾孫《ひまご》でね。花陽ってんだが」

「あなたの曾孫さん」

中澤さんは慌てた様子で、花陽と藤島さんの顔を見比べます。藤島さんも眉間に皺を寄せて中澤さんを見つめています。

「あれ？」

藤島さんです。

「すみません、僕は以前にあなたに会っていますか？」

本人を前にして、心当たりがあったのでしょうか。中澤さん、ちょっと嬉しそうにこくこくと頷きました。

「あの、直也《なおや》くん、覚えてませんか」

直也、というのは、藤島さんの名前ですね。

「平井恵です。あの、お姉さんの麻里さんの同級生で、友達だった平井です」

藤島さん、大きく頷きました。亡くなったお姉さんのお友達ですか。でも何故その方が藤島さんのストーカーを。

「まぁとりあえず物騒なことじゃなさそうで良かったぜ」

勘一が言います。

「寒いからよ。ちょいと家まで付き合ってもらって、話聞かせてもらっていいかね」

勘一が歩き出したときです。新ちゃんの携帯が鳴りました。

「はい。あぁ紺ちゃん」

紺からですか？　新ちゃんの表情が変わりました。

「親父さん！」

「どうした」

「淑子さんが！」

勘一の身体が伸び上がるようにして動き、固まりました。新ちゃんが、顔を歪《ゆが》めます。

「今、紺ちゃんが来る。タクシーで病院に」

＊

勘一は、間に合いませんでした。

「あぁ！」

わたしは一足先に病院に来ていたのですが、新ちゃんが電話を受けてすぐの頃に、息を引き取ったようです。

タクシーで駆けつけたのは勘一と紺と亜美さんでしたが、個室の病室の前には何人かの方が集まっていまして、すぐには入れませんでした。

三人とも面食らった顔をしています。わたしも驚きました。病院の先生や看護師さん以外は、すべて外国人の方だったのです。

皆が、悲しそうな顔をしていました。

勘一も紺も亜美さんもすぐに察しましたよ。これは、淑子さんのアメリカの家族か、もしくは関係者なんだと。そもそもこの病院に入院させたのも向こうの縁者だと淑子さんは言っていましたから。

じっと待っている勘一を見ていられなかったのでしょう。亜美さんが声を掛けました。

「Excuse me?」

元は国際線のスチュワーデスですからね。英会話はお手の物です。けれども、スーツを着た赤い髪の毛の男性は、振り返って日本語で返事をしてくれました。

「はい」

「日本語は話せますか？」

その男性、静かに頷きます。

「だいじょうぶ、です」

そうして、勘一を見ました。

「あなたは、ヨシコさんのおにいさんのホッタカンイチさんですね？　わたし、Robertといいます。べんごし、です」

「堀田勘一でございます」

勘一が丁寧に頭を下げます。

「ヨシコさんから、きいています。どうぞ、おはいりください。おわかれ、してください」

ロバートさんが、手でどうぞと勘一を招き入れてくれました。

ベッドには、淑子さんが静かに眠っていました。

亜美さんが、口に手を当てました。紺が顔を顰めています。

ベッドの脇に立ち、じっと淑子さんを見つめています。もう覚悟はしていたからでしょう。勘一は、ただ静かな表情で淑子さんを見つめ、それからゆっくり手を上げて合わせ、眼を閉じて祈りました。

長く長く、じっと祈っていましたよ。

そうして眼を開けて、ふぅ、と息を吐きました。

「お疲れさまだったな。淑子」

小さくそう呟《つぶや》きました。それからそっと動いて、ロバートさんの腕を静かに引きながら、病室の外へ出ました。

「ロバートさんよ」

「はい」

「淑子を、妹を弔《とむら》ってやりてぇんだがよ。あんたに言えばいいのかな。それとも他の誰かにかい」

ロバートさんは、悲しそうに眉《まゆ》を顰《ひそ》めました。そうして、首を一、二度横に振ります。

「ホッタさん、ざんねんながら、それはできません」

「できねぇ？」

「America のかぞくの、きぼうです。ヨシコさんはこのあとすぐにしょちをして、charter びんで、America にはこばれます。そうして、かぞくでそうぎをします」

勘一の眼が丸くなりました。亜美さんも紺も驚いています。

「チャーター便？」

驚きましたが、確かに淑子さんの亡くなられた旦那さまは一財産を成した方だったと聞きましたよ。葉山の別荘を買い、ずっと淑子さんがお手伝いさんと暮らしていたぐらいだったのですからね。チャーター便なんていうものも、納得できます。

「ひょっとして」

紺です。

「それが、日本に住む、帰ってくるための条件だったのですね？　淑子さんが死を迎えるまで日本で過ごすことと引きかえに、葬儀はアメリカで行うと」

ロバートさん、ゆっくり頷きました。

「ゆいごんしょにも、かかれています。かのじょのなきがらは、にほんではなく、むこうで、Americaでねむります。こちらでは、なにもできないのです」

顔を顰めて、ロバートさんは勘一に向かって言います。

「わたし、にほんに、ながいです。こちらのしゅうかんも、しってます。おにいさんには、ひじょうにざんねんなこととおもいますが」

勘一は、静かです。眉一つ動かしません。ロバートさんが話しているのを、そっと手を上げて止めました。

「気ぃ使ってもらって悪いね。ありがとよ」

そうして、ロバートさんに向かって深々と腰を折り、頭を下げました。

「どうか、淑子のやつを、きっちりアメリカに送ってやってください」

病院の外に出て来ました。ドアを出た途端に吹きつけてくる寒風に、勘一がコートの前を閉じました。

「寒いな」

「じいちゃん」

紺が隣に立ち言います。

「本当にいいの？」

「いいもなにもよ紺、亜美さんも」

「はい」

勘一が、笑みを見せました。

「淑子は、大昔によ。家族を捨てて、日本を捨てて、アメリカさんに嫁いでいったんだ。向こうを自分の国にしちまって、家族だっているんだよ。だったらアメリカで眠るのが筋ってもんじゃねぇか」

「でも」

それに、と、勘一は紺の顔を見て微笑みます。

「向こうにはよ、そんな覚悟をして、長年愛しぬいた旦那が眠ってるんだ。戦後すぐってぇ時代だ。二人とも生半可な覚悟や苦労じゃなかったと思うぜ。その旦那の隣によ、きっと淑子は眠るんだろうよ。そいつが、幸せってもんじゃねぇのか」

紺が唇を引き結んで、小さく頷きます。そうですね、確かにそうかもしれません。

「俺が淑子にしてやれることはよ。こうやって、笑って静かに頷いてやることだけよ。

親父やお袋もわかってくれるさ」

勘一がそう言って歩き出します。

それでも、淋《さび》しいのでしょうね。背中がそう言ってますよ。

四

家に戻る前に電話を入れると、藤島さん、新ちゃんや高木さん、中澤さんも心配していたそうです。

あんな場面で、しかも妹さんが亡くなったというのを聞いて、ひとまず状況を伺うまで帰るに帰れないと話していたそうですがそれぞれに用事もあり、夕方に事情を説明するためにまた家に集まろうという手筈《てはず》になったそうです。新ちゃんが手際よく進めてくれたようです。ありがたいですね。

家では、皆が帰りを待っていてくれました。

勘一がタクシーから降りると、花陽や研人が心配そうな顔をしてすぐに傍に寄って行きました。そういえば、日本に帰ってきていた淑子さんに会ったのは花陽と研人が最初でしたよね。結局、夏に葉山でお見舞いしたのが最後になってしまいましたか。

「大じいちゃん」

研人が声を掛けます。花陽の眼が潤んでいます。

「おお、大丈夫だ」

勘一がにっこり笑って、花陽と研人の頭をくしゃくしゃと撫《な》でます。紺からの電話で事情は皆に伝わっています。

「皆によろしくってな、淑子は言ってたぜ。何十年後かに向こうで会おうってな」

花陽も研人も頷きます。かずみちゃんの肩をぽん、と勘一が叩きます。見つめる藍子にすずみさん、マードックさんにも、勘一は大丈夫だ、と笑顔を見せていました。

淑子さんの訃報《ふほう》を聞いて、店は一旦《いったん》閉めました。何があろうと店は開けるのが家訓ですが、お義父さんお義母《かあ》さんにも、淑子さんのことをお伝えしなきゃなりません。今日はこのまま喪中ということにするのがいいでしょう。

知らせを聞いて、祐円さんもやってきました。どこかへ出掛けていた我南人も摑まったようです。

お仏壇にロウソクを灯《とも》し、お線香を立てました。遺影のつもりで淑子さんの写真を飾ろうと探しました。古い写真アルバムをひっくり返して探していたのですが、アルバムというものはいつ見ても楽しいものですよね。

昔のことですから、そんなにたくさんはないのですが、わたしも知らない勘一や淑子さんの子供の頃に、ひとしきり皆で盛り上がりました。

「祐円さんに毛がある！」

「馬鹿野郎、研人。俺はモテモテだったんだぞ」

「大じいちゃんってさ、昔はけっこうカッコよかったよね」

花陽が言います。

「今よりずっとスマートだったもんだよ」

かずみちゃんが笑います。

まだお若い頃のお義父さんやお義母さん、小さかったかずみちゃん、高校生の頃の我南人。写真アルバムにはかつての時がそのまま詰まっています。

「こうやって見ると、紺ちゃん、若い頃のおじいちゃんによく似てるよね。髪伸ばして金髪にしてみたら？」

花陽が言いますがそれは無謀というものでしょう。

「親父ぃ」

我南人です。

「なんでぇ」

「足腰が元気なうちにぃ、アメリカに行ってきたらぁあ？」

「アメリカぁ？」

「淑子さんのお墓にさぁ、手を合わせてくるといいねぇ。ついでに十郎《じゅうろう》さんやジョーさん、マリアちゃんが眠ってるところも回ってさぁ久しぶりに話してくるといいよぉ。僕が案内するからぁ」

あぁ、それがいいかもしれません。一度は行ってこなきゃなとわたしが生きているうちから話していましたが、ついにできませんでしたから。勘一も、顎を撫でながら頷きます。

「そうさな、そいつもやっておくのが生きてる者の務めか」

「あ、じゃあ僕もアメリカ行く」

「私も行きたい！」

花陽と研人が手を上げました。皆で行くのは無理ですけれど、実現させたいですね。

遺影代わりの写真を飾り、皆で手を合わせました。ちゃんとしたお葬式は出せませんでしたが、こういうものは気持ちです。残った者が、ちゃんと送ってあげればそれでいいんですよ。

夕方になりました。

新ちゃんが高木さんを、藤島さんが中澤さんを連れて我が家に集まってくれました。かんなちゃん鈴花ちゃんはどうしてもお話の邪魔になってしまいますから、離れで遊ばせます。マードックさんとかずみちゃんが見ててくれますよ。我南人はいつの間にかまたどこかへ行ってしまいましたね。

藍子がお茶をお出しして、勘一と紺と青が座卓につきました。

「いや、今朝は済まんかったね。こっちから声掛けといて放ったらかしにしちゃってよ」

皆がいえいえ、と首を振ります。今朝方、勘一たちが病院に行っている間に少しお話しして、ストーカーしていたというのは、誤解だったとわかったそうですよ。

「すると、こうだな」

話を聞いた勘一が言います。

「中澤さんは旦那さんの仕事の都合で最近こっちの方に引っ越してきた。そして偶然、麻里さんの弟の藤島を見かけたと。それが犬を散歩させているところだったんだが、藤島が仲良さそうに一緒に散歩している中学生が、亡くなった麻里さんにそっくりだったので驚いたと」

そうなんです、と中澤さんが頷きます。

藍子が藤島さんのお姉さんの麻里さんによく似ているのは皆が知っていましたし、花陽は藍子にますます似てきましたから、そのあたりは納得ですね。

勘一が続けました。

「で、中澤さんは、麻里さんの親友だったたってわけだ」

中澤さん、小さく頷きます。

「麻里とは、中学からずっと一緒でした。二人とも読書が好きで、よく本の貸し借りもしていました。感想文をお互いにノートに書いて交換して読んでいたりしたんです」

「二人ともに文学少女だったたってぇわけだ」

こくん、と嬉しそうに頷きます。そうして中澤さんは今は作家さんになられたのですね。

「でも私は、あのとき、麻里のことを救えませんでした」

顔が曇ります。藤島さんの方を見ました。

「彼女が、辛《つら》い恋をしているんだというのはわかっていました。相手が誰とは絶対に言わなかったんですが、相談も受けました。私は」

一度言葉を切ります。少し瞳《ひとみ》が潤んでいますね。思い出してしまいましたか。

「なんとか、その恋を諦《あきら》めるか、あるいは成就させたいといろいろ話しました。でも肝心の相手を、麻里は頑として言わなかったんです。どんなことでも相談し合ってきたのに、それだけは。これは、相当の事情があるんだなと考えてはいたんですが」

藤島さんが口を開きました。

「遺書があったんです。姉の―」

「そうか」

「遺書に、中澤さん、当時は平井恵さんですけど、恵さんへ、という言葉もありました。心配掛けてごめんなさいと。遠くへ行っても、一番の親友のあなたのことは絶対に忘れないと、書いてありました」

覚悟のことだったのですね。高木さんは、真っ直《す》ぐに背を伸ばして正座して、ただ黙って唇を真一文字にして話を聞いています。

「残念だったな。あんたも辛かったろう」

勘一が優しく中澤さんに言います。中澤さん、こくりと頷き、ハンカチを取り出してそっと眼に当てました。

「そうして、あんたは時が経《た》って作家になった。麻里さんのことはいずれ小説に書きたいとずっと思っていた。そんなところに偶然弟である藤島を見つけたんだ。ところが藤島の隣に麻里さんそっくりの娘がいる、と」

雰囲気を明るくしようと思ったのでしょう。勘一が笑います。

「そりゃあ驚くわな。随分ととっちらかったろう」

勘一の様子を受けて、中澤さんも少し笑みを見せてくれました。優しい方ですね。

「それはもう。いったいこれはどういうこと？　と」

皆も少しずつ笑みを見せました。台所で話を聞いている花陽なんか、なんだか照れていますね。

勘一が藤島さんを指差して言います。

「こいつのこったからよ、ちっちゃい時からいい男だったんじゃねぇのか？」

「あ、それはそれはもうとても可愛らしい男の子で、私たちの間でも評判でした」

でしょうねぇ、と皆が納得しています。

「その可愛らしかった麻里さんの弟は長じてロリコンになったかとでも思ったんじゃねぇのか」

「いや堀田さん本当にそれは勘弁してください」

藤島さんも調子を合わせて笑います。

「で、まぁそんなんで話しかけるにかけられねぇで、いったいあの娘は何者なんだと、しばらく様子を見ていたってわけだ」

「済みませんでした。ごめんなさい」

中澤さんが思いっきり頭を下げました。藤島さんは優しく微笑んで手を振ります。

「いいえ、いいんですよ。今朝も言いましたけど全然気にしないでください。久しぶりにお会いできて、僕は嬉しかったんですから」

藤島さんは、家に遊びに来ていた中澤さんには何度か会っていたそうですよ。小学生の頃ですから、あまり覚えていないのも無理はありませんね。

「それでだ」

勘一が続けます。

「高木さんは、新の字の会社に雇われて、この近所にある社員寮に住んでいた。朝方散歩していたら、こっちも藤島を見つけて、しかも中澤さんが後をつけているのに気づいちまった。当然、中澤さんはかつての自分の生徒だと思い出した。こりゃいったい何事が起こっているのかと様子を見ていたってわけだ」

「お恥ずかしいことです。ご迷惑をお掛けしてしまって、済みません」

中澤さんの担任になったことはなかったそうですが、教え子には違いありません。時が経ってこのような形で顔を合わせるというのは複雑でしょうね。

「まぁそんな二人を、ちょいとお節介な木島って野郎が見つけちまって、こんなふうになったってことか」

麻里さんが亡くなられて二十年近くが過ぎていますよね。弟さんと、親友の娘さんと、そうして麻里さんを愛し一緒に死のうとした先生。なんという偶然でしょうか。

わたしは偶然は必然だと思います。当時はまったく違う世界に住んでいた勘一と偶然出会い一緒になり、幸せな人生を過ごしましたが、今にして思えばそれは必然ではなかったのかと思っています。

誰かが何かを願っているのではないでしょうか。

「高木先生よ」

高木さん、苦笑いして小さく首を横に振りました。

「もう、教師ではありません」

「そうだったな。高木さんがよ、その藤島と中澤さんの様子を見ていたってのは、単に興味本位じゃねぇだろうさ。藤島のことを考えてのことじゃねぇのか。自分が死なせてしまった、愛した女が可愛がっていた弟のことを心配した故なんじゃねぇのか」

高木さん、眉間に皺を寄せて下を向きました。藤島さんは少しばかり驚いた表情を見せました。

「私は」

ややあって、高木さんは静かに顔を上げ、言います。

「この場で、何かを言えるような立場の人間ではありません。ましてや、藤島さんの前では。この場にいることさえ、はばかられるような男です」

「それでもよ、話してくれよ」

勘一が続けます。

「弔い事だと思ってよ」

「弔い？」

「偶然だが、俺の妹は今朝方、逝っちまった。まさにその時間にこうしてこの三人が再会しちまったんだ。袖《そで》振り合うも多生《たしょう》の縁ってのを押し付けちゃあ迷惑かもしれねぇけどよ。なんもかも腹割って話しながら過ごすのが弔いってもんだろう。妹の弔いのためによ、話しちゃくれねぇか」

高木さん、じっと考えてから、口を開きました。

「堀田さんのおっしゃる、通りです」

高木さんは、藤島さんを見ました。

「償《つぐな》い、などという言葉を口にはできません。あなたに罵倒《ばとう》されても、殴られてもしょうがない人間なのですが、彼女の弟であるあなたに、何か間違いや危険なことがあってはいけないと心配したのは、そう考えたのは事実です」

勘一も藤島さんも、じっと高木さんを見つめて聞いています。

「あなたの前にこうして顔を出せるような人間ではありません。しかし、何かよくないことでも起こるのではないか。だとしたら、私は救わなければならない。何か力になれることがあるのならば、陰ながらでも手を尽くさなければならない。そう思って」

高木さん、一度言葉を切って、息を大きく吐きました。

「様子を窺っていました。思い上がりも甚《はなは》だしいです。申し訳ありませんでした」

藤島さんに向かって頭を下げましたが、藤島さんはただ眼を伏せただけです。何とも言えない心境でしょう。

勘一が腕を組んで天井を見上げ、何かを考えていますね。

「藤島よ」

「はい」

「こないだ、新の字から聞いたんだけどよ、〈藤島ハウス〉に管理人を置こうってんだって？」

今ここでそんな話をするのですか？　藤島さん、ちょっと意表を突かれたように眼を細めました。

「そのつもりです。今は藍子さんにアパート全体の掃除も頼んでいる状態で、申し訳ないですから」

勘一が座卓を、ぽん、と叩きました。

「この高木さんに管理人になってもらえ」

藤島さんの肩がぴくりと震えます。新ちゃんは驚いて勘一の顔を見ました。

「親父さん、それは」

「新の字の方では特に問題はねぇんだろ？　高木さんが臭い飯を食ってきたとは言ってもその事件がどういうものだったかはおめぇもこうして知った。決して罪を犯した悪党じゃあねぇ。だからその上で、藤島がいいと言やぁ、管理人業務を任せたっていいだろうが」

新ちゃん、勘一と藤島さんの顔を見て、それから頷きました。

「それは、確かに」

藤島さんの顔は強《こわ》ばっています。

「それから、中澤さんよ」

中澤さん、ぴょんと飛び上がらんばかりに身体を動かしました。

「あ、はい！」

「小説を、書いてくださいよ」

「え？」

皆が眼を丸くしました。

「幸い、てぇのはちょいと不謹慎だけどよ。こうして当事者である高木さんとも再会できたんだ。詳しい事情を、どうしてそんなことになっちまったかを訊くこともできる」

中澤さんが驚いて高木さんを見つめました。高木さんは唇を噛《か》みしめます。確かにそれはそうでしょうけど。

「あんたは、親友だった藤島麻里さんがどんなに素晴らしい女性だったかを知ってるんだ。いかにしてこの高木さんを愛し、愛されて、俺に言わせりゃあ馬鹿な結論だが、にっちもさっちも行かなくなって死んじまったかを、きっちり書いて、素晴らしい小説にしてくださいよ。それこそ俺たち古本屋が、巡ってきたその本を大事に大事にして、本を愛する読者にもう一度届けたくなる小説をね」

「あ、いえ、でも」

慌てたように中澤さんが藤島さんを見ました。

「直也くんの気持ちを考えないで、私そんなこと言いましたけど」

「考えればこそ、ですよ」

勘一は優しく微笑んで言います。

「あんたは興味本位じゃねぇ。心底藤島麻里さんを理解して、その死を悲しみ、自分を責めた。そうして麻里さんの死をしっかり考えて、彼女の人生というものを本の形にして残したいと考えた。それはね中澤さん、喪の仕事ってぇもんですよ」

「喪の仕事」

「人ってやつはね、失ったもんをいつまでも抱えてちゃあ荷物になって重くて歩けなくなっちまう。忘れなきゃならねぇんだ。自分の中できっちりケリをつけて、そこに置いていかなきゃならねぇ。そいつが喪の仕事さ。高木さんにとってはあんたに全てを話すことが、あんたにとってはそれを聞いて麻里さんの死を物語に書くことが、自殺を止められなかったと後悔した自分の荷物を下ろすことになる。そしてそいつは」

勘一が、藤島さんを見ました。

「藤島ぁ」

「はい」

「おめぇの、喪の仕事にもなる。いい加減、その気持ちを下ろしちまえ。大好きだった姉さんが自分を置いて死んじまったっていう過去をよ。きっちり葬らせろ。この中澤さんと、高木さんの手を借りてな」

藤島さんが、唇を噛みました。

「いつまでもその胸の中に姉さんを抱えてよ、悲劇の主人公気取ってんじゃねぇぞ」

「そんなつもりでは」

勘一は、厳しい顔で首を横に振りました。

「そうなんだよ、藤島。おめぇだって自分で気づいてんだろ？」

そうなのでしょうか。藤島さん、一度眼を閉じました。

「この中澤さんに小説を書いてもらって、それを読め！　読んで、てめぇの心の中にいる姉さんを見送ってやれ。一度は殺そうとまで思った高木さんと同じ時間を過ごせ。おめぇもわかってるだろ。高木さんとおめぇはよ、形こそ違え、同じ女を愛した男同士なんだ。同じ思いを分かち合えるんだ。大家と管理人になって、顔突き合わせて、一緒に喪の仕事を終わらせろ。それが終わったら初めてよ」

勘一が息を吐きました。

「初めて、愛するものを失った者同士でよ、真正面から話ができるだろうよ」

「堀田さん」

唇を噛みしめ、藤島さんが勘一を見ました。その眼が潤んでいます。

藤島さんはわかっていますね。今、勘一に言われたことは、勘一が自分自身にも言っているのだと。

淑子さんを失った気持ちを、最愛の妹を自分の手で送ってやれなかった悔しさを、荷物にしないためにそうやって話しているんだと。

恨んでも、憎んでも、悲しんでも、それは死んでいった人たちが望んでいることではありません。その気持ちを自分自身でいつまでも背負い込まないで、下ろして初めて前へ進める。人生を歩んでいける。それこそが、残されたもののするべきことですよ。

「姉さんはよ、麻里さんはよ、可愛い弟のおめぇには自分の分も幸せになってもらいてぇんじゃねぇか？　それだけをよ、今も、天国から望んでいるんだろうよ。社会に認められて、社長になって、金持ちになって、それぱっかりが幸せじゃねぇだろうよ」

高木さん、眼を真っ赤にしていますが泣くのを堪《こら》えていますね。自分は泣く立場ではないと思っているのでしょう。中澤さんは、肩を震わせ、しきりにハンカチで眼を押さえています。

「なぁ、藤島。それでいいんじゃねぇか？」

勘一が優しく言います。藤島さんの瞳から、涙が一筋流れました。

「隣にはよ、俺らがいるぞ」

「はい」

はい、と、藤島さん、頷きました。

何度も何度も頷きます。頷いたまま、下を向いてしまいました。握りしめた拳《こぶし》に、ぽたりと涙が落ちてきました。

息を吐き、ようやく顔を上げました。その顔にはいつもの藤島さんの優しい笑みが浮かんでいます。

「篠原社長」

「はい」

「よろしいでしょうか？」

新ちゃんはにっこり笑って頷きます。藤島さん、高木さんを見ました。高木さんも、藤島さんを見つめます。

「高木さん」

「はい」

「ぜひ、〈藤島ハウス〉の管理人の職に就いていただけないでしょうか」

微笑んで、藤島さんは頭を下げました。高木さんは背筋を伸ばし、居住まいを正します。

新ちゃんを見ました。勘一を見ました。二人が頷き、高木さんはじっと考えていました。

「高木さん」

勘一が言います。

「藤島に言ったことは、そのまんま、あんたにも言えることだぜ。辛いもん背負っちまったよな。死んでもそれは消えねぇよな。あんたは生き恥を晒《さら》してると思ってるかもしれねぇけどよ。それは麻里さんが望んだことか？　生き残っちまったのは、何かをするためにじゃねぇのか？」

高木さんは、強い方ですね。そうでなければ、十年以上も塀の中で贖罪《しょくざい》の日々を過ごしては来られなかったのでしょう。それとも、その日々が高木さんを強くしたのでしょうか。零《こぼ》れ落ちそうな涙をずっとしっかりと堪えています。

高木さん、小さく頷きました。そうして、藤島さんに向かって言いました。

「私に、償いをさせていただけるのでしょうか」

藤島さんは微笑んで、小さく首を横に振りました。

「償いではなく、姉のいない人生を、日々を、一緒に生きて、考えていきましょう」

高木さんは少し下がって手をつき、深々と頭を下げます。

「どうぞ、よろしくお願いします」

　そのときです。からからと裏の玄関が開く音が響いて、それからどすどすと歩く音が聞こえてきました。この足音は我南人ですね。

　思った通り、いきなり居間に顔を出すと、勘一に向かって言いました。

「親父ぃ」

「なんだよ。客が来てんだぞ」

「LOVEだねぇ」

　なんですこんなときに。勘一が呆《あき》れたような顔をします。

「てめぇの出番はもうねぇだろうよ」

　勘一が言いますが、我南人はにっこり笑って振り返ります。我南人の後ろから、どなたか入ってきました。

「あら」

　亜美さんが声を上げます。

「修平、佳奈さん」

「あれ、コウさん、真奈美さん」

　なんですか二人も揃ってやってきました。お店はどうしました。もう開店している時間ですけど。

「親父がさぁ、淋しがってるからさぁ」

「なに？」

「とびっきりのLOVEをぉ、伝えに来てあげたよおぉ」

何のことでしょう。ささ、座ってと我南人に促されて、修平さん佳奈さん、そしてコウさん真奈美さんが並んで座りました。

「堀田さん」

修平さんは背筋を伸ばして言いました。

「ほい」

「実は、式を挙げることにしました」

「おっ！　そうかい！」

勘一が笑顔になりました。皆が、驚いていますよ。亜美さんも知らなかったのですね。

佳奈さんが恥ずかしそうに微笑みます。

「急に決めたわけじゃなくて、あの、佳奈のこともあるので家族だけでこっそりやろうと前から思ってまして」

マスコミ対策ですね。佳奈さん今では人気女優ですからね。

「おお、そうだな。そいつがいいな」

「祐円さんの神社にさっきお願いしてきました。今月の二十日です」

「二十日？」

十二月二十日ですか。我が家の皆が声を揃えて驚きます。

「佳奈さん、それって」

すずみさんです。そうですよね、十二月二十日といえば、青とすずみさんの結婚記念日ですよ。修平さんと佳奈さんが頷きます。

「青さんとすずみさんみたいに、仲の良い素敵な夫婦でいようと二人で話し合って決めたんです」

あら、そんなことを。青とすずみさんがびっくりした顔をして、その後で笑ってしまいました。

「いや光栄だけど」

「そんな、ねぇ」

照れていますね。いいことじゃないですか。勘一もにやにやしています。

「まぁ手本になるかどうかはともかく、そんなふうに思われちゃあ青もすずみちゃんもしっかりやらなきゃならねぇな」

青が肩を竦めて笑います。あら、亜美さんがふくれてますね。

「実の姉夫婦を手本にしないってどういうことよ」

「いや、それはそれでもちろん」

皆が笑います。修平さんが勘一に言いました。

「それで、堀田さん、式には皆さん」

「もちろんよ。嫌だって言っても家族全員で駆けつけるぜ」

「ありがとうございます」

佳奈さん修平さんが頭を下げます。良かったですね。嬉しいじゃありませんか。さて、そうなるとコウさんと真奈美さんがやってきたのは何故でしょう。

「コウちゃんぅ」

我南人がにこにこしながら言うと、コウさん、恥ずかしそうに頭を掻いて、勘一に向かいました。

「実は堀田さん」

「おう」

「真奈美が妊娠しまして」

えぇーっ！　と女性陣の声が上がりました。それはまぁ、なんてお目出度《めでた》い。藍子が飛び上がるようにして真奈美さんに走り寄っていって抱きつきました。

「真奈美ちゃん！」

眼が潤んでいますね。真奈美さんも藍子に抱きついて、あぁもう涙が溢《あふ》れています。

亜美さんもすずみさんも、そこに抱きついていきました。嬉しいですね真奈美さん。

「いやいやいやぁ」

勘一が自分のおでこを、ぺしん！　と叩きます。

「なんだってまぁ、コウさんよ」

「すみません」

「あやまるこたぁねえやな。いや、こいつぁ嬉しいな」

勘一の眼も少し潤んでいますよ。コウさんにもいろいろありましたから、その幸せな様子が勘一も人一倍嬉しいのでしょう。

「それで、堀田さん」

「おう」

コウさん、少し身体を引いて畳に手をつきました。

「少しばかり気が早いのですが、名付け親になっていただきたいのですが」

「俺がか？」

「はい」

真奈美さんも急いで勘一に向かい合いました。

「母もそう言っています。ぜひにって。勘一さんと仲の良かった父も喜ぶからと」

あぁ、駄目ですね。これで勘一はものすごく涙脆《なみだもろ》いのですから、腕を組んだまま天井を見つめてしまいました。洟《はな》を啜り上げていますよ。

「ありがとよ。喜んで、名付け親にならせてもらうぜ」

ようやく、コウさんに向かって頭を下げました。突然のことでしたが、中澤さんまでもらい泣きしています。高木さんも微笑み、藤島さんも嬉しそうですね。

「親父ぃ」

「おう」

我南人が立ち上がりました。

「淑子さんはぁ、逝っちゃったけどさぁ。でもぉ、修平くんと佳奈ちゃんが結婚してぇ、そうしてコウさんと真奈美さんに新しい命ができてさぁ」

にこりと笑います。

「こうやってさぁ、Life goes on だよぉ。人生は続いてくんだねぇ。親父の人生の先は短いかもしれないけどねぇえ」

「馬鹿野郎。最後は余計だ」

その通りですね。

「じゃぁあ、僕先に行ってるねぇえ」

どこへ行くのですか。皆がきょとんとしているのを尻目にさっさと出ていってしまいました。

「どこへ行ったんだあいつは」

コウさんと真奈美さんが顔を見合わせ、にこりと微笑みました。何か知っているのでしょうか。真奈美さんが言います。

「それでね、堀田さん」

「おう」

「私、つわりがひどいんです。お店に出ているともう辛くって」

あぁそういえば最近何か調子が悪そうでしたよね。それでだったのですね。勘一も皆も納得していました。

「しばらく、代わりの人に来てもらうことになったの」

皆でぞろぞろと〈はる〉さんへ向かいました。もちろん、かんなちゃん鈴花ちゃんも、新ちゃん、藤島さん、中澤さんに高木さんも一緒です。お帰りになってもらっても良かったのですが、この際だからお店でもう少し三人でお話をするとか。なんですか巻き込んでしまって申し訳ないですね。

からからと〈はる〉さんの戸を開けて、コウさんと真奈美さんが入って行きます。その後から続いて入りました。

「えっ！」

最初に暖簾をくぐった藍子が声を上げます。

「おっ！」

勘一です。その後からお店に入った皆も同じように声を上げて、眼を丸くして驚いています。わたしも本当にびっくりしましたよ。

カウンターの中に、お着物がお似合いの美しい女性が立っているのです。

「いやいやいや」

勘一が声を上げながらカウンターの椅子に座り込みました。

「思わず腰が抜けそうになりましたぜ」

池沢さんが、くすりと柔らかく微笑みます。そうなのです。カウンターの中には池沢百合枝さんがいらっしゃったのですよ。

「お許しをいただいて、しばらくこちらでアルバイトをさせていただきます」

静かに頭を下げました。アルバイトだなんて、なんて豪華なアルバイトさんでしょうか。真奈美さんがカウンターの中に入って、隣に立ちました。

「勘一さんも皆さんも、紹介するね」

「紹介？」

勘一が不思議そうな顔をしました。

「この方は、私の親戚《しんせき》のおばさんで慶子《けいこ》さんです」

「慶子さん？」

紺がそう訊いた後に、ぽん、と手を打ちました。

「ここにいる間は、世間の眼を欺《あざむ》くために演技をするということですか」

「はい」

池沢さん、紺に向かって微笑んだ後に、青を見ました。青も、真っ直ぐに池沢さんを見つめています。勘一が、ひょいと眉を上げて青の様子を窺っています。

青が、すっと前に出てカウンターに座りました。そうして、にこっと笑います。いい顔ですね。

「慶子さん、寒いから燗をつけてもらえますか」

池沢さん、一瞬ホッとしたような表情を見せましたが、すぐに戻りました。もうどこからどう見ても小料理居酒屋のおかみさんです。

「はい、ちょっと待ってね。青さん」

青さん。その呼び方はまさしく、おかみさんが常連の若者に優しく掛ける声でした。これは、演技というより、練習なのではないでしょうか。実の母子であるにもかかわらず、長い間離れていた二人のために我南人と真奈美さんが用意したリハーサルの場。そんな気がしました。

そういえば、わたしも堀田家に来たとき、いろんな方面の眼を欺くために五条辻咲智子《ごじょうつじさちこ》から勘一の嫁に来た辻本《つじもと》サチという娘、という仮の姿になりましたね。なんだか思い出してしまいました。

勘一の肩の力がほんの少し抜けました。皆もそれぞれに席につきました。

「もう面倒くせえからよ、晩飯をここで済まそうぜ」

花陽と研人が喜んでいます。ここでご飯を食べるのは久しぶりですね。

「コウさん、大勢で悪いが、適当にご飯を見繕《みつくろ》って作ってくれよ」

「了解しました」

コウさんが微笑んで頷きます。

「あれ？　おじいちゃんはどこに行ったの？」

花陽が言いましたが、確かに店の中にはいませんよね。また掻き回すだけ掻き回してどこかへ行ったのでしょうか。勘一が、へっ、と笑いました。

「さすがのあいつもよ、気恥ずかしいんだろうさ」

そうかもしれませんね。

＊

あら珍しい、紺と一緒に青も仏間に入ってきました。襖のところに立って、お仏壇の方を見ています。二人とも手にはロックグラスを持っていますよ。〈はる〉さんで一杯だけ引っ掛けたら、弾みがついてしまいましたか。

「ばあちゃん、乾杯」

青が言って、二人ともグラスを掲げました。はい、お疲れさまでしたね。

「まぁしかし、今日ほど慌ただしい日はなかったね」

青です。

「まったく、葬式と結婚式と出産の話が全部一緒くたで」

紺が苦笑いします。

「おまけに心中事件とかストーカーとか」

「どんなシドニィ・シェルダンだって敵《かな》わないね」

二人で笑ってグラスをくいっと呷《あお》ります。

「親父と池沢さんはどうなるのかね」

紺が言うと、青が肩を竦めます。

「なるようになるんでしょ。俺はどうなっても受け入れるよ」

そうですか。青も大人になりましたね。二人でばあちゃんおやすみと言って出ていきました。はい、おやすみなさい。また明日も頑張りましょう。

入れ違いになりましたか。二人の姿が消えた後に、勘一が一升瓶を抱えてやってきて、仏壇にお酒を注《つ》いだお猪口を置いてくれました。ごちそうさまです。

「なぁサチよ」

はい、なんでしょうか。

「淑子がそっちに行っちまった。おめぇと会うのは初めてだよな。まぁ女同士仲良くやってくれや」

残念ですが、淑子さんとお話ができるのはまだ先になりそうですよ。きっと今ごろお義父さんお義母さん、そうそう秋実さんも加えてお話が弾んでいるのではないですか。

「淑子が逝っちまったらよ、淋しくなって、おめぇのところへ行きたくなるかと思ったけどよぉ。ちっともそんな気にならねぇや。むしろますます長生きしてよ、孫や曾孫の、おめぇたちに届ける土産話《みやげばなし》を仕入れたくなってきたぜ」

いいですよ。わたしもここにいて同じ話を仕入れますけど、向こうで同じ思い出を語り合うのも一興でしょう。

勘一がわたしの写真を見上げて笑います。

「ま、そんなわけでよ、もうちょぃと待っててくれや。俺ぁまだまだ長生きするからよ」

どうぞ、いつまでも長生きしてください。

あなたがあちらに行くときは、わたしにもお迎えが来るのかもしれません。手に手を取ってというのも乙なものかもしれませんし楽しみですが、もう少し先にしましょうよ。

これから、花陽や研人が大人への階段を昇って行く場面もあるでしょう、鈴花ちゃんかんなちゃんが学校へ行ってお友達もたくさんできるでしょう。そうそう、コウさんと真奈美さんの赤ちゃんの名前だって付けなくちゃ。

まだまだ、あなたがやらなくちゃいけないことはたくさんありますよ。

わたしも、皆の行く末をこのまま見ていたいですからね。

あの頃、たくさんの涙と笑いをお茶の間に届けてくれたテレビドラマへ。

解　説

田口幹人

『東京バンドワゴン』を愛する本屋の文庫担当者にとって、シリーズの最新刊が文庫化される春という季節は、ご来店頂くお客様の堀田家への「帰省」のお手伝いの季節と言ってよい。もちろん私もその一人だ。私の勤める店でも、二〇〇八年四月にシリーズ第一作目『東京バンドワゴン』が文庫化されてからというもの、毎年四月になると、一冊ずつ増えてゆく『東京バンドワゴン』シリーズを平台で展開するのが慣わしとなっている。「今年も、心の故郷・堀田家への帰省の準備はお済みですか？」のＰＯＰとともに。「帰省」という言葉がこれほど似合う小説は数少ない。

「帰省」について詳しく触れる前に、本シリーズの説明を。大人気シリーズの六作目となる本書の解説に、もはや説明を添える必要はないかもしれないが、本作で初めてシリーズに触れる方のために、少しだけシリーズ全体に通じる魅力を挙げてご紹介させていただきたい。

『東京バンドワゴン』シリーズは、東京下町のカフェを併設した老舗古本屋〈東京バンドワゴン〉を営む大家族・堀田家が、〈東京バンドワゴン〉に集う人々の日常とそこに潜む謎を解くという、ホームドラマのど真ん中を描いた連作短編集である。大家族の物語と聞き、おそらく国民的なあのドラマやアニメなどの大家族を連想される方々が多いかもしれない。シリーズ一作目を読んだとき、それに比類する作品が誕生したことを喜び、興奮したことを今でも覚えている。

現代社会では、コミュニティを形成する範囲が、地域から親族へ、そして家族から個々へと移り変わるにつれ、生活の様相も変化を遂げてきた。比較的、地域のコミュニティが残る地方においても関係性の薄れを感じるほどなので、都市部ではもっと進んでいるのだろうと勝手に想像しているのだが。

時代の変化に伴い、自然と生活様式も変わる。しかし皆、どこか心の中に、憧れる日本の家族の形を持ってはいないだろうか。ともに囲む食卓があり、家族の成長を喜ぶ笑顔があり、挫折をともに乗り越え、悲しみを共有し、別れを惜しむ涙があり、厳しいながらも大きな優しさを持つ信条と義理と人情の親父と、どんなときもそっと見守ってくれる母がいて、その背中を見て育ち繋《つな》がる子供たちがいる、大家族の姿を。そう、堀田家とは、まさにその家族の形そのものなのである。

際立った個性的な登場人物達については、字数の関係上詳しく書くことができないが、代わりに堀田家の歴史とも言える巻頭の人物相関図をごらんいただきたい。すでにシリーズをお読みの方は、堀田家のこれまでの歴史を思い出すことができ、本作から読み始める方にも大まかな堀田家の歴史をご理解いただけると思う。

なんといっても本シリーズの秀逸なところは、季節の移ろいとともに成長する登場人物達の姿だろう。登場人物達とともに過ごした時間の中で、読み手もまた堀田家の一員でいる感覚を抱く。一作一作の間に、読み手と同じように、彼らにも時が流れている。その時の流れを行間から読み解いたときに感じるのは、離れていた親戚と久々に再会したときのそれと同じ感覚なのだ。そこには、俯瞰《ふかん》した位置で語り役を担うサチの存在が大きい。妻として、母として、祖母、曾《そう》祖母としての暖かく心地よい愛にあふれた眼差しが、読者を優しく家族の中へと誘うのだ。

いつものにぎやかな朝の食卓の風景から始まる安心感。いつもそこにいてくれるサチの存在。サチを通して感じることが出来る家族の絆《きずな》。『東京バンドワゴン』を開くたびに、懐かしさとともに離れて暮らす家族を想う。心の中にある故郷がそこに詰まっているからだろう。その故郷で、離れていた互いの時間を埋め、明日に向かう元気を充電する。そう、まさに「帰省」なのだ。

余談だが、私は、サチが大好きなのだ。サチの存在なくしてこのホームドラマは成立しない。そんなサチに関しては、シリーズ番外編として出版された『マイ・ブルー・へブン』をお読みいただきたい。いつも家族を支え続けているサチの歴史を知ることができる。「番外編だから」と読み飛ばしている方がいたらそれはもったいない！『マイ・ブルー・ヘブン』を読んだ後にシリーズを読み返したときの、物語を締めるサチの一言一言に感じる奥深さは格別でした。ぜひ読んでみていただきたい。

話がそれてしまいましたが、ここからは本作『オブ・ラ・ディ オブ・ラ・ダ』について触れていきたいと思う。

今回も、サチおばあちゃんによる心暖まる季節の前説のあと、いつもの騒がしい堀田家の朝食風景から始まる。いつもの春夏秋冬四季の四作の中で、堀田家の周辺で巻き起こる日常の中に潜む謎を、いつもの堀田家の面々が解き明かしてゆく。パターン化されたこの「いつもの」スタイルが、これほど多くの読者に愛される理由の一つでもあり、ホームドラマの王道と言われる所以《ゆえん》でもある。よっ！ 待ってました！ と、心躍る瞬間なのである。

以下、各章のあらすじと印象に残った箇所について書いてゆきたい。

春　林檎可愛やすっぱいか

中学生になった研人が中心の物語。ある日、古本屋〈東京バンドワゴン〉の店先の棚に林檎《りんご》が一つ置かれていた。何者かが置いていったらしい。それが一度ではなく、何度か続いた。誰が、何の目的で置いたのか。そんな中、研人が中学校で友人と喧嘩《けんか》をして泣かせたのだという。二人の間に何があったのか？

親として、子供と向き合う姿勢を問われていると感じた物語だった。「優しくすることと、厳しくすること。子供にも自分にも。」勘一の説教が心地よく胸に響く。

夏 歌は世につれどうにかなるさ

かつて我南人がプロデュースした後輩・風一郎が久々にヒット曲を出す。しかし、その曲は、我南人の作った曲を盗用したものらしい。我南人がワールドツアーで不在の中、堀田家の面々が真相に迫る。時を同じくして、青に古書店を舞台とした映画出演の話が舞い込む。しかも〈東京バンドワゴン〉を撮影場所にしたいという。頑固一徹、勘一がとった行動とは。

「赦《ゆる》し」が柱の物語。過ちは誰にでもある。その過ちに囚《とら》われて生きるのか、償うために歩みを進めるのか。『東京バンドワゴン』の真骨頂「LOVE」が詰まった物語。やっぱり我南人は、いつまでもカッコイイのだ！

秋　振り向けば男心に秋の空

〈東京バンドワゴン〉に集う常連と堀田家との絆が描かれる。怪しげな人物が、〈東京バンドワゴン〉の周りをうろついているらしいと、記者の木島がやって来る。しかし堀田家の面々は、温泉に行っていて不在である。代わりに店番をする常連客は、〈東京バンドワゴン〉を守れるのか？　屈強な男達を従えて来店した和服姿の老婦人との関係は？　本作の中で、もっともミステリー要素が強い一編。

「人の縁」が柱の物語。家族はもちろん、そこに集う人たちへの愛がある。ご近所さんと家族の一員のように接する姿がいい。同じ町内に暮らし、同じ言葉を話し、同じように悩みを抱えながら日々を暮らす。地域の絆とともに。

冬　オブ・ラ・ディ　オブ・ラ・ダ

常連客・藤島社長にストーカーが現れる。それも同時に二人も。二人と向き合う事で見えてきた、藤島社長の背負ってきた荷物。一方、我南人は、ワールドツアーから戻ってきた。青の産みの親・女優の池沢百合枝とともに。二人の今後の展開は？　青との関係は？　そして、勘一の妹・淑子との別れが訪れる。

「繋がり」が柱の物語。サチの語り、藤島社長が背負ってきた荷物の中身と重さ。淑子への弔いの形。すべてが勘一の発した「喪の仕事」につきる。背負った荷物を降ろせる場所がある。その重さを共有するものがいる。その想いを伝えていってくれるものがいる。そう、それが家族なのだ。

別れと出会いは繰り返される。

「Life goes on」

そう、人生はまだまだ続くのだ。

僕のつたない紹介文では、『東京バンドワゴン』の魅力をお伝えすることができたとは思えない。ぜひ、大家族・堀田家の営む〈東京バンドワゴン〉のドアを開けてほしい。楽しかった時、悲しかった時、悩んだ時、疲れた時、叱ってほしい時、折に触れて読み返してほしい。〈東京バンドワゴン〉の面々が、ともに笑い、ともに泣き、励まし、叱ってくれます。そう、『東京バンドワゴン』は、日本人の心の故郷なのだから。

さあ、帰省の準備を始めよう。

（たぐち・みきと　書店員・さわや書店フェザン店（岩手県盛岡市）勤務）

この作品は二〇一一年四月、集英社より刊行されました。

ブックデザイン　鈴木成一デザイン室

小路幸也の本

東京バンドワゴン

東京下町で古書店を営む堀田家は、今は珍しき８人の大家族。一つ屋根の下、ひと癖もふた癖もある面々が、古本と共に持ち込まれる事件を家訓に従い解決する。大人気シリーズ第１弾！

集英社文庫

小路幸也の本

シー・ラブズ・ユー　東京バンドワゴン

笑いと涙が満載の大人気シリーズ第２弾！　赤ちゃん置き去り騒動、自分で売った本を１冊ずつ買い戻すおじさん、幽霊を見る小学生などなど……。さて、今回も「万事解決」となるか？

小路幸也の本

スタンド・バイ・ミー　東京バンドワゴン

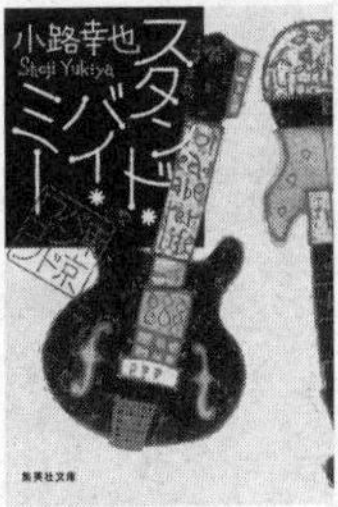

下町で古書店を営む堀田家では、今日も事件が巻き起こる。今回は、買い取った本の中に子供の字で「ほったこん　ひとごろし」と書かれていて……。ますます元気なシリーズ第３弾！

集英社文庫

集英社文庫

オブ・ラ・ディ　オブ・ラ・ダ　東京《とうきょう》バンドワゴン

2013年4月25日　第1刷
2013年9月30日　第4刷

定価はカバーに表示してあります。

著　者　小路幸也《しょうじゆきや》

発行者　加藤　潤

発行所　株式会社　集英社
東京都千代田区一ツ橋2-5-10　〒101-8050
電話　03-3230-6095（編集部）
03-3230-6393（販売部）
03-3230-6080（読者係）

印　刷　凸版印刷株式会社

製　本　凸版印刷株式会社

フォーマットデザイン　アリヤマデザインストア　　マークデザイン　居山浩二

ISBN978-4-08-745056-9 C0193